海浪花（四）

秋实 著

香港文匯出版社

序

—— 秋 实

世有无穷事，生知遂百春。

人的一生会看到许多的风景，见到许多的人物，经历许多的事情，听到许多的故事，但与世事相比也只能是九牛一毛、沧海一粟。

人的思维是无限的又是有限的，从思维的本性、使命看，是无限的；从思维的个别实现的情况及每次的实现看，又是有限的。正确认识思维有限和无限是我们积极思考的动力。透过一些事情的现象去抓住本质，举一反三地思想，便会扩大我们的见识，增加我们的收获。春秋时期诸子百家，写了许多有思想的文章，对今人无不有借鉴意义。

人生的每一个春秋，都有花的开放和秋叶的飘落。去留皆是自然事，然而却给人们以人文的启示。把它写下来，便是有益的。我常赞美"开卷有益"的初创者，是多么的智慧。因此，我也常常开卷以取益。

不断地思考并记之。偶尔打开那些自己写作的文本，读来又有一些新的收获。虽然有些文章已沉淀了许多年，但重温时，仍然感到可读，并没有腐朽之气。

在走过每一个春秋时，都有许多的人或事，与我或相处、或交往、或相识、或失之交臂、或擦肩而过。有些是令人赞赏的，有些是令人痛心的，有些是令人喜悦的，有些是令人悲愤的，这些都留下了只言片语和一些笔墨。倘若有可读之处，不妨出版面世，让读者评说。也便决计整理出版了。

故我便挤出时间来，开始整理这些碎片。很早的一些旧手稿，自己也已将之忘却了，发黄的纸上记着一些文字尚可辨别。于是我又忆起了起步走路时的情景、往事、老友、世势。

整理的过程像是探奇一样，又像是在开采一座宝藏，仿佛还充满着兴奋和好奇心。每读一篇时，还感觉语言不俗，总有一种感觉：饶有兴趣。

人贵持之以恒。思考写作不辍，积累便成蔚然，正所谓的"集腋成裘"。无论是阳光明媚的笑脸，还是阴雨风雪的心情，都没有放下笔。倘对社会无价值，对于自己也是一种记忆和安慰。一些文章是发表过的，一些是被束之高阁的。

我现在可以做的就是把它们全都翻出来，并把碎片化、纸件化的文字转变成系统化、电子化的文章，然后交给出版社的编辑再去修饰。

有许多文章是关于环境保护、城市管理、教育、旅游、文化、产业、文明、法律的思考和拙见；也有对历史、人物的评价，总是希望以问题为导向，不断去解决问题，正所谓治标治本兼蓄。记得曾经读过一篇短文，关于治标治本的问题是这样表述的：有一个垃圾箱，经常有苍蝇飞出，为不传染疾病，人们便去想办法灭掉苍蝇，苍蝇没有了；又从垃圾箱里跑出蟑螂，为不传染疾病，人们便又去想办法灭掉蟑螂，蟑螂没有了；垃圾箱里又跑出了老鼠，人们害怕鼠疫，便想办法去灭掉老鼠。但是就是没有人想办法去处理好那些产生不良东西的垃圾。像这样一些文字是有启发性的，是值得社会很好地反思的。

古人云"学而不思则罔，思而不学则殆。"写作的过程也是很好的思考与学习的过程。同时，也提倡一种百家争鸣的氛围。一家之言难服众，一花开放难为春，一木独荣难成林。

愿这些文字像春天里的一棵小草，也繁荣在文学这个大花园里。可以随春风摇曳，可供人们观赏。如若喜欢，也便可以采撷而去。

我常常醉心于那些点点似的星星似的小花朵。它们精致得可怜，一丝不苟地绽放着，从每一个环节，每一个细节都在追求着完美，追求着卓越。那小小的花朵里挑着几丝花蕊，就那么的低调，那么的隐约，那么的静美。

我也常常欢喜那些花间的水湾。清清的像一双眼睛，闪着光、炯炯有神。它们的明澈，如一颗善良的心灵，泽润着万物而有着自身的气质。在它们的心里映照着天空，如此广阔，即使是一湾浅浅的水湾，也因此有了博大和深邃。我赞美它们的宁静和包容。它们的胸怀总是那样的澄明。

我也常常惊叹那些大自然的造化。耸入云端的山峰，无边无际的草原。在它们面前，人类是多么的渺小。它们的壮观曾折服过多少诗人，留下了多少壮丽的诗篇。徐霞客的游记你读过吗？他记录的地理风光，充满着神奇与色彩。还有藏在地下的自然的壮观，人们可以展开想象的翅膀。

当然，自然和人文往往联袂出场。

我也常常敬佩那些有品德的人们。他们辛苦着自己的生活，却幸福着别人的日子，而将快乐写在脸上，把责任扛在肩上，一生简单而大度，从不计较得失，知足常乐。他们安步当车，无论什么豪华的车子从身边驰过，都无动于衷，始终用沉稳的脚步丈量着人生的旅途。

我也常常笑人间欲胜天公。人类的笨拙，并不自知，总觉得人定胜天。当大地震来临、核电站爆炸、洪水摧毁家园时，过后仍要长歌，以表人类伟大。有何伟大之有？失去的生命不再回来。人类无知的行为，惹怒造物主，以此来惩罚。人类所谓的创新是创造出更先进的征服自然的工具，加剧着对自然的破坏和人类的悲剧。

我也常常烦心那些反复无常的人。他们翻手为云覆手为雨，想出许多招数。今天这样明天又那样，朝令夕改，让人无所适从，整日碌碌无为。"无常"便是忙碌，"无常"便是辛苦，"无常"也便是"随意"，怎么会有什么意义可言？

目录

散文

春・夏・秋・冬・人物・山海・海外・散文

红色的玫瑰花诗一般的火

红色的玫瑰花，似火一样的红，充满生机，充满青春的模样，那是用血液浇灌的浪漫爱情。

玫瑰花正如人们常说的"花要半开"，玫瑰花正是这样，总是羞羞答答地开而不放，愈显得美。"秾艳尽怜胜彩绘，嘉名谁赠作玫瑰"。

玫瑰花开在长满刺的木枝上，当你采摘玫瑰花的时候，可要小心那坚锐而挺立的刺，小心刺伤你的手。有意思的是：手被刺痛以后流出的血的颜色与那红色玫瑰的颜色是一致的，我常想，红玫瑰的颜色是否是被血染红的呢？为了追求爱情不惜刺伤手臂。

那被人们青睐的洁白无瑕的白色花朵，每次都会刺破采花者的手，血液染红了花朵。染色轻者为粉色，染色重者则就成为了红色的。连着那枝头也被染成了红色。

爱玫瑰的人们可能都曾经被玫瑰刺伤过，都曾经流过殷红的血。

花的美那是不容置疑的，像一杯红酒一样，可使人沉醉。而花的枝条更让人感到一种刚劲不屈的力量，也如那铮铮的铁骨，有一种不规则而又有规律的曲折之度，上面的针刺坚硬地抓在主体上，时刻保持着机警的锋利，随时捍卫着那朵玫瑰花，捍卫着自己的生命。

"小槛锁玫瑰，群芳次第催。刺多疑有妒，艳绝却无媒。露洒啼妆在，风牵舞态回。层苞不暇吐，数日未能开。烂胜燕脂颗，殷于烈焰堆。浓将丹笔染，碎把绛绡裁。漠漠香如芷，青青叶似苔。夭难胜暖日，静不惹纤埃。

远对赛书幌，傍观置酒杯。朵稀心暗记，根浅手亲培。雉探眠偷摘，僧逢醉觅栽。尽嘲终仿佛，拟折又徘徊。丽夺倾城色，吟归间世才。多情百花主，闻必有诗来"。

还有那片绿色的叶子，精美地长在玫瑰树上，为玫瑰花增添几分美丽。整树的玫瑰花，你一定感到是那么的完美，那么的令人充满情怀。

世上还有什么花朵可以与玫瑰花相媲美呢？

牡丹花是美丽的，雍容华贵、国色天香，也受到世人的高度赞美，但是没有铮铮的铁骨与傲人的针角，也没有玫瑰花的羞涩。当温度适宜时，牡丹花也会毫无顾忌地绽开，落落大方，豪情满怀。我爱牡丹，但比玫瑰花有所不及。

"北方有佳人，绝世而独立。一顾倾人城，再顾倾人国"。

梅花是美丽的，一枝依寒向空开，凌寒傲骨，并有诗赞曰"梅花香自苦寒来"，梅花的精神受到世人的崇拜，但梅花仍然没有玫瑰花的羞涩，当其含苞欲放之时是充满美的力量的，但其总是矜持不够，没有沉着力，又是大放枝头，心扉展放，毫无保留地展示给世人。我爱梅花，但比玫瑰花还有不及。

"绰约多逸态，轻盈不自持。尝矜绝代色，复恃倾城姿"。

我爱一切的花朵，但都能找到其不足之瑕，虽然瑕不掩瑜，但是毕竟有瑕。玫瑰则不曾有半点的瑕疵，是一种完美的花朵。我长期关注仍不曾发现一点不如意的地方，总是那样完美地展示着它的完美。当人们手捧玫瑰的时候，总是小心翼翼的，那是玫瑰本身的魅力，那是人们对玫瑰的崇敬。

"宁不知倾城与倾国？佳人难再得"。

我读过林徽因的译著，书中有一篇文章是《夜莺与玫瑰》。得到一枝玫瑰是多么的不易，玫瑰是多么的金贵，这枝玫瑰是由夜莺的生命换取的，红色的玫瑰是由夜莺的血液浇育的，这篇文章读过，我才发现我对红色玫瑰的认识是正确的。我从林徽因的文章中得知玫瑰代表爱情，但并不能换取爱情；是爱情的象征，但不是爱情，得到玫瑰不等于得到爱情。但是得玫瑰者而知足，亦值得赞许，因为玫瑰是一种文化，是一种精神，是一种品味，是一种高尚的品德和高尚的浪漫。

俗语有云"宝剑配英雄，玫瑰予佳人"。玫瑰佳人，佳人玫瑰。俗语有云"予人玫瑰手有余香"。

"春来卉。堪爱独玫瑰。

簪髻放娇怜紫艳，伴糖津咽胜红蕤。

枯润总香飞"。

人之初性本善还是性本恶？

这一问题曾被争论不休，也曾做出过结论。虽有结论，但仍无定论。

记得许多年以前，曾有两个著名的大学各执一词，展开过辩论，引用过许多经典的数据，并作出结论，认为"人之初性本恶"。

得出了这个结论，我自以为很不然，也便有人对我说：你觉得"人之初性本恶"不正确，那么难道你赞成"人之初性本善"吗？我说：那也很不然。这也不对那也不对，总得有一个正确的结论吧？是的，任何事情都有着结论，但不一定是定论。

我们认为对事物本质的认识也要一分为二，不可失之偏颇。人之初也不是非要偏向善的一方，也不一定非要偏向恶的一方，起初有两面性，既有恶的一面，也有善的一面。有时善会胜恶，有时恶会胜善，但人类一直在惩恶扬善，故表现出来的时候，一定善多恶少。

对于一个人来说，往往更多的是善为多的，恶为少的，故便有了好人多的情况。但也有人故意杀人、放火、抢掠，这就是一个人的品质恶多善少，恶战胜了善而为之。

但人都有两面性，故可教之。如果人之初为恶，只有恶没有善，经过教育也只能是从大恶到小恶，从一种恶到另一种恶而已，其没有转化为另一端，只能是使恶而小为，但事实并非如此，许多恶人教之而从善，故便有了放下屠刀、立地成佛。这就说明了善与恶同存于人之初中。

而那些从善的人，也可能做出所谓的恶事来，因为善良的人和恶人在表面上并没有本质的区别，都是长着两只眼睛、一个鼻子、两个耳朵、两只手、两只脚、十个指头、十个脚趾。那些恶人能做的事，善人也可以做到，只是善人不为之罢了。

有些事情不为则为善，为之则为恶。有些事情为之则为善，不为则为恶。这要看对客观事情的判断了。有时善人也可能做出恶事来，恶人也可能做出善事来，因为智者千虑必有一失，愚者千虑必有一得。还有一句俗语："与善人居，如入芝兰之室，久而不闻其香，即与之化矣。与不善人居，如入鲍鱼之肆，久而不闻其臭，即与之化矣。"与善人居就向善，与不善人居，久而久之也被恶化。这也充分说明了人的两面性的存在。佛界中有五百个佛曾是恶人，他们横行于一域，抢杀烧掠，谋财害命，罪恶极大，后被佛法所惩除，挖掉了他们的眼睛，并把他们放逐野外。他们失去光明，遭受极大的疼痛，在黑暗中哀嚎，并请求佛法饶恕，弃恶从善。佛祖慈悲心发，收为弟子。他们放下了屠刀，进入佛门，成为从善救人的活佛。

有些恶对着善为之则为恶，有些恶对着恶为之则为善。有些善对着恶为之则为恶，对着善为之则为善。善恶互逆互顺之理可通，故人之初，性中有恶有善，应是可以理喻的。

任何事情都是一分为二的，都不可从一个极端走向另一个极端，绝对化的本身就是绝对的错误。以错误的方法或理论去判断或识别人或事物都不会得出正确的结论。

善与恶同存，所以可教之，教之从善弃恶。善与恶同存，所以可以法而惩之。教惩共济，弃恶扬善，法律就是在善恶之间画出了一条线，越了底线、越了雷池则会被认为恶，而被法律绳之。

世上的许多规矩、礼乐都是为避免从善滑向恶的，也是引导从善而为，但一旦从恶必被刑之。善恶之存，也与人体的红白细胞一样共存。善者也以恶除恶而为善，恶者也以善为恶而为恶。是这样的吗？

现在你还以为非善即恶，非恶即善吗？

西湖边畔多羁绊

沿着西湖的岸边跑一圈，也是一种梦想。多次来杭州没有实现，时间往往太匆匆。

一边是明静的湖面，一边是忙碌的都市，皆可有观赏之处。湖边熙熙攘攘的人们大都是观光的，悠闲地踱着步，有时会坐下来找一优雅处，喝一杯咖啡或是一杯茶，这也是一种惬意的情调。

但我却与众不同，执意不那么做，就是走马观花，实现绕湖一周的愿望。一个小小的愿望的实现，有时是很简单的，有时又受到许多条件的限制；有时也与意志有关，许多景物的美好，会使你流连忘返。

我今天就是只沿着湖边尽快地跑，不是去看什么景点，而是完全为了健身和梦想。这一圈决计不去顾及什么苏堤、雷峰塔、断桥之类，只是吸着新鲜的空气，穿过观光的行人，望一望湖光山色，留意一下脚下的路，偶尔观赏一下花草树木及湖边的大片的接天的莲叶。

然而，中途却有许多的羁绊。不经意中发现湖边美丽的芙蓉树，临水而生，树枝伸向水边，开着满树的花朵，旁边是倒影在水中的木船，好一幅风景，不由得牵住了我的脚步。"花开红树乱莺啼，草长平湖白鹭飞。风日晴和人意好，夕阳箫鼓几船归"。

这芙蓉花是江南秋天里的娇艳的一朵，带着秋的成熟和水的灵气，平生第一次见到此花，尤是惊艳。此花与北方的芙蓉花迥然不同，但花的色泽几近相似，书名叫木芙蓉。今日一见，真是大喜悦。

　　赏完这新鲜的花朵，继续我的梦想，我决计绕西湖一圈，不再受到风景的诱惑。但仍然有太多的牵挂，西泠印社又使我不得不停下脚步。第一次来西泠印社已是许多年前的事了，同游者皆已荣升不同岗位，但热爱艺术之痴心未改。

　　西泠印社，创建于清光绪三十年（1904 年），由浙派篆刻家丁辅之、王福庵、吴隐、叶为铭等人发起创建，吴昌硕为第一任社长，有"天下第一名社"之誉。坐落西湖景区孤山南麓，东至白堤，西近西泠桥，北邻里西湖，南接外西湖。占地面积 7090 平方米，建筑面积 1750 平方米。

　　印社超出人的想象和传统意识，以亭台楼阁取胜，更因山势高低、错落有致、层层相叠，堪称江南园林之佳作，主要建筑有柏堂、竹阁、仰贤亭、还朴精庐，收藏历代字画、印章多达六千余件，是自然和人文两萃之合璧。

　　又一次误入歧途，从西泠印社出来，四处张望，意外发现岸边就是楼外楼。这时已是正午，肚子提出抗议，要求充饥，我又一次妥协。

　　楼外楼，记得几十年前来此处品尝过名菜，当时这里很忙碌，排很长的队伍才能空出位置来，环境不免有点嘈杂，大有违背休闲之意。今信步入内，因疫情之原因，游人并不多，也免于排队之苦，于是找了一个靠窗的清静的地方坐下，望向窗外便是万顷湖光。"碧波方圆五公里，满湖诗句惹秋风"。

　　这里的菜最有名的便是东坡肘子、叫花鸡和糖醋鱼。"西湖醋鱼何时美，独数杭州楼外楼"。这也就是楼外楼当年排长队的缘由。

　　这一切皆因西湖而生。"未能抛得杭州去，一半勾留是此湖"。反过来，西湖岸边的人文，也与西湖相得益彰。"处处回头尽堪恋，就中难别是湖边"。有多少历史？有多少故事？已不为众人所知。

　　宋代林升所作的《题临安邸》："山外青山楼外楼，西湖歌舞几时休？

暖风熏得游人醉，直把杭州作汴州。"这是最大的羁绊。

走出楼外楼，继续去实现梦想，绕西湖一圈，但进程已是一拖再拖。我不禁叹息：时间的充裕，紧迫感的缺失，有时也是一种羁绊。

鸟的神韵

听到鸟的鸣啼，你会有什么样的感觉呢？尤其是当你刚刚醒来，正揉着惺忪的眼睛的时候；当你正在品一杯茶，有几位朋友聊天的时候；当你正在读书，独自尽享宁静的时候。

窗外的树木是鸟的乐园，当你打开窗帘，看到鸟儿在树上跳动的身影的时候，那弹跳的枝条如同跳动的心弦，是否会使你心中的某种情绪萌动？

"恨别鸟惊心"是忧虑的情绪，忧的是"烽火连三月，家书抵万金"；"半壁见海日，空中闻天鸡"是一种愉悦的情绪，无现实之忧虑，仅有浪漫在胸怀；南北朝诗人王籍诗云："蝉噪林逾静，鸟鸣山更幽"，又是怎样的一种情绪？

许多人专程到山里或去树林中听鸟鸣。漫步山间或林间，悠然地享受太阳洒下的柔碎的光，听各种鸟儿的歌唱，心便飞起来了。

有些鸟儿很小，但很灵活，在树上跳来跳去的舞姿很轻盈。大的鸟儿很大，站在那里，稳中有动，不时地抖动着翅膀，以寻求平衡，都会让人感到一种灵动的飘逸。

有些鸟儿，人们每日都会听到它的鸣啼，每天都会看到它的身影，喜鹊是也。人们平日里很少见，但却家喻户晓，猫头鹰是也。有些鸟儿是神鸟，只是在人们的传说中，来无踪去无影，凤凰鸟是也。

传说神鸟曾为人们救苦救难过，曾为帝王将相正名立身过。但人们没有真正见到过，只是人们永不可企及的传说。人们希望在人类之外寻求正义、寻求救赎。正说明人类自己对自己失去了信心，找不到正义者的存在或为人类伸张正义的救星，便想象着神鸟或上苍会垂青人类。也便有了"苍天有眼""天理难容""多行不义必自毙""伤天理""天打五雷轰"一些民俗俚语，表达了人们对上苍的企及，对人类自身的无望。人们也通过想象去描绘神鸟救赎的过程或片段，以此作为文化传承，给人们对生活的追求以动力。

而那些帝王将相，为了给自己地位以合理性，让人们听从其统治，故也就有了继位时，神鸟展翼，出生时，神鸟落枝。这些想象或故事给了他们地位存在的合理性和权力的合理性。人类也就认为：啊，那就是天意，那就是人类天生的统治者，其他人都是被统治者。统治者就是上帝给人类的青睐，派来拯救人类的，所以人们也就有了"生死由命、富贵在天"的意识。被蹂躏，被压迫，被剥削，被迫害，被杀戮，被饿死，都统统归于天命。故也就习惯了听命于统治者，逆来顺受。当人们长期看不到希望时，总是呼天抢地，但叫天天不灵、叫地地不应，故而想到了神鸟，神鸟的传说是人们希望的寄托和被迫的想象和期待。

所以鸟总是给以希望和快乐的，于是有了"大鹏展翅""一鸣惊人"的故事。鸟鸣是快乐的，环境是和谐的。环境乌烟瘴气，会有鸟鸣吗？

我们经常听到鸟鸣是在树枝上，鸟的世界本就应该在森林里。因为那里只是鸟的世界，没有人们或很少有人去打扰它们。它们在那里分享着美丽的树枝，享受着清新的空气，沐浴着明亮的阳光，舞姿和鸣啼便有了明快的神韵。

亦梦亦幻亦现实

那是最简单的一个画面，白色范围之外全然是黑暗的。黑暗之内浑然是白色的。

我总想描绘出那一奇妙的环境，但又担心刚刚提起笔又会被迫搁置，而不足以成为一篇文章，因为故事情节的确有点简短。

那白色的天地里，一切都是那么的神秘、那么的洁白、那么的清晰，那么的静美。而外，黑色的世界里，黑得又那样的透彻、那样的浑然。

走在那雪白的路上，欣赏着白色的艺术世界，颇感欣悦。残垣断墙也被白色装扮成了美丽的玉雕。

我走过那一段路，穿过一座桥，桥下是白色的静静地流淌着的河水。穿过桥，是一座白色的陡峭的山崖，如一座玉做的巨型屏障挡在前方，我便拐了一个弯，沿着河边逆流而行。

正在河边行走之时，忽然遇到了一个人，身穿白色长袍，自称司马迁，说："屈原就投入这条河。"我想着，啊，这就是汨罗河？

司马迁说："屈原虽放流，眷顾楚国，系心怀王，不忘欲反。冀幸君之一悟，俗之一改也。其存君兴国，而欲反覆之，一篇之中，三致志焉。"

听罢，我继续前行。心思着：屈原，原姓芈，名平，字原，生于公元前340 年，死于公元前278 年。是我国最早的浪漫主义诗人，堪称是我国文学史上第一位留下姓名的伟大的爱国诗人。他的出现，标志着中国诗歌进入了一个由集体歌唱到个人独唱的新时代。

突然一个人又闯入了白色的天地，穿着一身黑色的衣服，自称是李白族叔、当涂令李阳冰，说："李白投入此江中。"我又意识到这就是长江？

李阳冰说：李白抱一坛酒，边饮边唱边向长江深处，终于没入水中。一生浪漫的李白，就以这样浪漫的方式结束了一生。

投水之前久病于床，李阳冰去看望李白，李白把诗稿交给了这位族叔。第二天便离世而去。

李阳冰的《草堂集序》曰："阳冰试弦歌于当涂，心非所好。公遐不弃我，乘扁舟而相顾，临当挂冠，公又疾亟，草稿万卷，手集未修，枕上授简，俾余为序。"

我听后心里想：无独有偶，李白也是一位浪漫主义诗人。李阳冰有贡献，使李白的作品流芳万世，保护了唐诗文化之遗产。

我还遇到几个不熟悉的陌生人，他们都与我说了一些历史故事和人物。整个过程我并没有开口说话，我只是听他们说个不休。但在我的记忆里仿佛却思考了许多红尘世界里的事情，同时还有庄子的哲学。

投江而死自不是一件好事情，如意的生活谁会去死呢？大概的原因是不受待见，不受待见的原因没有别的，自是过于浪漫罢？木秀于林，风必摧之。

人类啊，总是能找到理由，难道木朽于林，风就不摧之了？

描写出来，也便使得简单更加的简单。那只可意会不可言传的意境是丰富的，一旦言明便会感到乏味和单调。

人们都这么说：沉默是金。我想这是中国的文化，是多年的总结和传承，是否是真的正确？是否是中庸的？我想一定会有不同意见。但总的是可以赞扬和继承的。

我走出了那美丽的白色的境域了，投入了那黑暗的境界。但思维并没有走出那白色的区域，一直在那里徘徊，久久地回味那白色的世界遇到的情景。

其实，这就是心与神的对话，是灵与肉的沟通，是穿越时空的交流，是正义与情谊的会意。

白色的魅力，使我想起了"白色恋人"。那周边的黑暗，也让我难忘那"黑衣人"。"白色恋人"很甜，令人感到很浪漫，"黑衣人"很酷，像是除暴安良的勇士。

环境的浪漫，又如此浪漫地遇上司马迁和李阳冰，而他们又分别介绍了两位浪漫的大诗人。这浪漫自是人生长恨水长东，亦梦亦幻亦现实。

悠 然

那一树的喜鹊，被我的脚步所惊扰，纷纷地飞起。漫天展开的翅膀是如此的悠然，我并没有感到它们的惊慌。

喜鹊起飞时，震动得树枝上金黄色的叶子纷然飘落，也是那样的悠然。这一系列的悠然不禁使我为之惊诧，接踵而至的便是我心情的悠然。

大凡悠然都来自于自然，来自于事物彼此的安然。安然无恙，自然而然便是悠然。

悠然的到来，使我突然感到天气的晴朗，太阳的明亮，树的叶子闪着的金光。这时的喜鹊有的在树上、有的在空中、有的在草坪上，自然地展示着它们那潇洒的悠然。

我也悠然地沿着一条路漫步，那落下的叶子铺在路上，有红色的，有黄色的，有褐色的。这时我才意识到秋天来了，放眼望去，发现五颜六色的秋天已挂满了枝头。

都说自古景物多悲秋，其实秋天则是悲喜的季节，悲的是万里霜天、万物枯萎，一片悲凉；喜的是硕果累累，繁花落尽的真纯，是一个可见真实的季节。

那些红的、黄的果子挂满在硬邦邦的树枝上。令人反思：怎么就在这干硬的枝头上结出如此圆润的果子来。可见自然界中皆奇迹。

自然万物藏有深奥的哲学。看见树就说说树的哲学。当春天到来时，长出枝叶来；当夏天到来时，就是郁郁葱葱了；当秋天到来时，把春夏汲取的营养结成果子，脱去了叶子；当冬天到来时，寒气霜露淫威，树木只剩下直愣愣的枝条，像武器一样摇晃着决计要与冬天一搏。冬季，就是人们所谓的萧条，但孕育也便从此开始了。

这就是树的哲学，经漫长的四季而结出果实，纵观全局，却有一种浪漫而又漫长的悠然。人也是一样的，成长必有一个过程。你见过谁一生下来就是一个巨人或是圣人？但却有一种现象存在：刚播种便想收获，总想一天就成为富翁，一月就成为博士，一年就成为高官。因而便衍生出许多是非。

在一些发达国家，修补公路上的一个坑或一块破损，总是慢慢腾腾的，我们谓之曰：磨洋工。但是他们并没有落在世界的后头，反而成为先进的国家或地区，走在了科学与技术的前沿，从地球走上月球，再走上了太空。

屈原说：路漫漫其修远兮，吾将上下而求索。当我们还在求索人类的时候，人家则早开始探索整个宇宙了，这就是悠然的哲学吧？

唐代陈子昂《登幽州台歌》曰：念天地之悠悠，独怆然而涕下！念的是天地之悠然，怆的是人类之悲然。天地是万物之母，万物是天地之子。母子同性，已揭示给人间，漫长的岁月悠悠，不见尽头。故人类应道法自然，方能长生不老矣。

树的哲学，教会人们把人生的每一个阶段都活成风景。看看树的风景吧，冬有枝，春有花，夏有叶，秋有果，不断地轮回。

一切都想在瞬间同时拥有，这密集的人生观会使你的人生很艰难，舒展开来的人生才会多一些自如，生活的点滴瞬间就会变得疏松，就会多一些悠然。

痴人痴说世间事

人生，无论是出去漂泊，还是回来相聚，路都是坎坷不平的。世间本并没有康庄大道，只有那崎岖的小路。

话说，有一天，我回到了村子。找了一位老友聊天，他是与我从小一起长大的，名字叫治国。我问治国，小时候的伙伴谁还在村子里？他说谁谁谁，屈指给我数了起来。

他告诉我有一位叫田网红的朋友，在村子里很有名气。说毕，他看到我没有反应，其实我脑子立刻在搜索，又补充说："田网红原名叫田志良。""啊！你说田志良我就想起来了，有点知识分子的味道，有点小资的风格。"

治国说："田志良因为在墙上写了几句话，被打成反革命。他写那几句话，我并不明白要表达什么意思，而又如何受到责备和惩罚。他在墙上写的那一句话我至今记忆犹新。""蚂蚁杀血二大盆"。蚂蚁固然是杀不出血来的，更不用说二大盆，那就更令人费解，令人不可思议。就是因为这句话，他被批斗，也因此成为了网红。

志良是很有点性格的，记得刚恢复高考的时候，他就想报考，当时他在镇里的文化馆工作，留着较长的头发，颇有文化青年的个性和形象。当报名完毕时，他颇自信地以为只要报上名，考试是没有问题的，报上了名就等于考上了，成功了。故而就开始给自己在农村务工的妻子准备独自生活的条件。于是就在院子里打上一眼机井，避免他妻子去很远的地方挑水。

挑水是一件很苦的事情，全村子里只有几眼机井。村子里的人都用一条扁担，担负着两个铁桶，用肩膀扛着去挑水，距离较长，那可不是一般的身子骨可以承受得了的，不用说对一位弱女子，更不必说他妻子还是一位城里下乡的知识青年。

一切都准备就绪，只等录取通知书的飞来，但是通知书最终也没有来到。但是他仍然是村子里的知识人，能说会道，总是被村子里的人们所尊崇，可是现在的处境很不幸。

我还有一些兴趣去见一见他。在见他之前，我与治国说："先去你家里看一看，然后再一起去志良的家。"

经过一个相对熟悉的街道，爬上一段石阶去坐公交车。上车后，发现车厢里每个人都抱着一个小孩子，其中一个小孩子欲在车厢中撒尿，想找一个合适的地方，但车到站也没有找到合适的撒尿的地方，总觉着每一个地方都不是那么合适，所以车也没有停下来。直到了车站，才匆忙地下了车。

治国的家到了。门楼很高，院墙很整齐，大门是敞开着的。一进大门却是一座坟，坟是用黄土培成的。大门的左右是东西厢房。家里喂有牲畜，治国的哥哥正在清理牲畜圈，头戴一顶毡帽，手拿一把铁锹，长得很精神，像画的一样挺精致的。我上前寒暄："你好，你长得很年轻，虽然你是治国的哥，但治国倒像是你的哥。"他说："不操心，并且我今天刚理了发，所以显得好一些。你们都是劳心者，操心啊！"说完话，我们并没有进屋里，而是依在坟上说话。治国给我们介绍说："这位是我的侄子，这位是我的嫂子，这位是……"给我介绍了一遍，我便着急去寻他的父母，想看一看老人。治国便说："父母都已去世了，自己现在住在哥嫂的家里，这座坟便是父母的。"由于其父母被打为四类分子、反革命，故当地的政府不让其把父母葬于公墓里和其他地方，也就只好在自己家的院子里筑起了坟墓。

没有看见老人，也便可以直接去见那网红了。从治国家中走出，拐了一个弯儿，走上一条大道。本来天气就有些阴暗，到了下午时分，则下起大雨来。路上一时形成一条河。河水还很清，有些蓝碧色。逐渐地这一条河的水波越来越大，慢慢汹涌澎湃起来。但并没有半点的畏惧，因为我的水性很好。但治国却急急忙忙地说："向左边走，快！不要在右边走。"我也立即仿佛意识到什么似的，迅速从右边深水处走到左边。这时，一只鞋子掉了，漂在水上，治国帮我抓住了那只鞋子，丢给了我。一个小浪头打过来，没有抓住，我正失望之时，一个小浪头又再次把鞋送了过来，我努力了一下，牢牢地抓住了那只鞋子。

走过了这一段沧桑巨变的路，我们进了一个小胡同，来到田网红的家里。

家里的门是关着的，上面有一副对联，还没有完全地褪去红色，对联写着：花开正红，人旺当时。打开门后是一座假山，上有哗哗流水，有绿草挂在山间。山后便是屋门，进门后北墙上挂着四条幅，春夏秋冬，画的下方是一个长条案几，上面摆放着一个石刻的如意，在门旁边的窗台下也有一张长方桌，上有微机，这也是农村中少见的知识大户。志良的妻子给我们倒上茶水，我呷了一口，便问道：网红在家里？他妻子说：志良说这几天很忙，要一阵子才回来。

我有些失望，但是他的妻子毕竟是一位下乡的知青，有些层次，也便聊了一些关于村子里的事情。谈话间，才知道她相对满意这里的生活，相对农村的人们已经很好了。我说："茶还挺香的。"她说："主要是水好，二十米的机井提出来的水"，并顺势指了指天井里的那口机井。

天色已晚，我们正想离去，前脚刚好迈出屋门，就与网红撞了一个满怀。他有些机警，我立即把他从敏感的思境中拉了回来。他害怕批斗，害怕游街，害怕被叫去交代问题。

他见我不是来与他斗争的，于是和气地到屋里与我交谈起来。说起那句话的原因，他并不解释，只是说："那天自己并无什么目标，只是好玩，在墙上用石灰写了那句话。却被一位村干部发现了，他立刻脱下了上衣盖在上面，把那几个字保护起来，然后报到大队，所以我就成了反革命分子，整日里去挨批斗，去要求交代问题，挖掘反革命思想。"这一行动使得他已精疲力尽。那些夏日炎炎的日子，经常让他站在光天化日之下，晒太阳，常常晒得冒油，有时晕倒在地上，后来还常常吐血。他的妻子就去市场上买些百合，煮水给他喝。他与其妻子商量好了，白天就跑出去躲着，等晚上再回家，从不敢在村子里露面，就这样过着东躲西藏的生活。

这些事情治国并没有给我说过，也许治国也并不想说这些不愉快的事情。说着说着，这位硬汉子两眼红红的噙着泪水。多么美好的生活，多么美好的憧憬，都被在墙上写的一句话一扫而光，天天过着胆战心惊的生活。亲戚的白眼，朋友的冷落，社会的无情，使这位曾经充满理想、热血沸腾的青年，成了时代的沦落之人。

面对眼前的这位村子里的老伙伴，我无言以对，只是紧紧地握着他的手，上下重重地颠了几下，眼神里带着鼓励和怜悯，离开了田网红的家。

后来，他在村子里被改造好了，当了一名小学的老师，但也尝到了人间的冷暖、世态的炎凉。

有一次他体罚了一位学生，则被学生的家长狠狠地揍了一顿，其中的一只眼睛被打瞎了，但那只眼睛并没有换来他未来的平安，后来他还被打为右派。

几年过去了，得到了平反，并恢复了工作，逐渐升级，最后做到了镇上的镇长。

恰恰那个被体罚的学生的家长就在镇上干一个小差事，就在被他打了的网红的手下工作。但网红并没有报复他，而是给予他更好发挥作用的重要岗位。

被体罚的学生的这位家长，后来带着家人一起去了网红家中感谢和道歉，而网红则把他们扶起来，说："你们回去吧，不是你们的错，是那个时代的错误。"

用笔用墨结字之法

　　用笔为先，结字为辅？还是结字为先，用笔为辅？这是书法界一直在争论的。

　　毛笔，是一种特殊的笔，想用毛笔写字，首先要学会用笔，故用笔应该放在首位。不是吗？但很多人不会用笔，把毛笔狠狠地按下去，仿佛是在宣纸上扫地。

　　你见过芭蕾舞吗？毛笔尖端的舞蹈，才是用笔的真谛。

　　除却用笔就是悬腕和悬肘了。悬腕时则有小天地，幽静私密，信手拈来，自然流畅，起落有度，刚劲俊逸。当悬起肘时，则有宇宙之阔，可笔走龙蛇，左右上下纵横捭阖，抑扬顿挫，落笔云烟。笔尖不散，有粗有细，有圆有方，有短有长，此所谓用笔。

　　"一画之间，变起伏于锋杪；一点之内，殊衄挫于毫芒。况云积其点画，乃成其字；曾不傍窥尺牍，俯习寸阴；引班超以为辞，援项籍而自满"。

　　结字重要性不可忽视。字体结构合理，左右疏密相宜，上下宽窄相辅，美观大方，独字可辨。此所谓结字。

　　"观夫悬针垂露之异，奔雷坠石之奇，鸿飞兽骇之资，鸾舞蛇惊之态，绝岸颓峰之势，临危据槁之形；或重若崩云，或轻如蝉翼；导之则泉注，顿之则山安"。

　　"纤纤乎似初月之出天涯，落落乎犹众星之列河汉"。

　　若笔尖分散，群龙无首，互不相应，字体松垮，偏奇古怪，不成体系，自不能在书法之列，不必枉费口舌之争。

用墨亦是绝技，墨分五色：青、赤、黄、白、黑，合称五正色，简称五色。墨分五色亦指以水调节墨色，多层次地出浓淡干湿枯。其出自唐代张彦远《历代名画记》："运墨而五色具"。张彦远认为山水中的五色，随着阴晴和季节的变化而有不同的呈现，变化墨色会产生：山青、草绿、花赤、雪白的效果，不必涂上空青、石绿、丹砂、铅粉。此用墨之道，可谓书法艺术。

不仅如此，书者还应博学多才，德艺双馨。

静心方可书，书时必心静。那些装神弄鬼，挤眼吭鼻，张牙舞爪，哼哼哈哈之丑态，只能贻笑大方。

一篇书法，以静制动，方显大家之风范。墨色有淡有浓有干有湿有枯，加上用笔用腕用肘再加上结字的讲究，便是上乘的书法艺术。

茅台镇里访酒记

回想起来恍若隔世。

中午时分到达茅台镇，午饭就喝了一顿茅台酒。虽说酒好，但也醉人。下午参观茅台酒厂，就带有一些酒意。酒意飘渺，更增加了光景的美好。"今日云景好，水绿秋山明。"

茅台镇，坐落在三座山的山谷里。有一条河叫赤水河，从这里流过。大自然的美丽风光就是那连绵起伏的山野，人文的历史渊源就是那几百年的茅台酒。大自然的洞天福地，人文历史的源远流长，使得茅台镇久负盛名。茅台酒的香气一直就在这山谷间弥漫，空气中笼罩着酿酒的微生物。在这样的环境里，闻着就飘飘如仙了，更不要说再喝上一壶美酒了。

茅台酒，属世界名酒，与苏格兰威士忌、法国科涅克白兰地齐名，是世界三大蒸馏名酒。也是大曲酱香型白酒的鼻祖，已有800多年的历史。其色清透明、醇香馥郁、清冽甘爽、回味悠长。人们把茅台酒独有的香味称为"茅香"，赞之为"风味隔壁三家醉，雨后开瓶十里芳"。

此酒只应天上有，茅台镇里作仙游。

微生物罩苍天穹，天人共酿茅台酒。

说起酒来，人们颇多言辞，仅其味道亦有学问，不同的酒味道不同，同一种酒年份不一样，味道也不一样。刚酿出来的酒，是有个性的，其个性还很强，而陈酿的酒，经过窖藏，酒分子之间的长期相处和位置的充分交换，其个性变得柔和、滑润，故便使酒先后的味道迥然不同。

新酒的味道像那海边刚刚放下的石头，有其粗糙和棱角，当握在手里时，难免会刺痛你的手。但当经过长时间海浪的打磨，会使石头的棱角磨去，最后变成了圆润的鹅卵石，这时你紧握在手中，便会感到一种舒适，有了把玩的意义。这就是酒的新陈之别。

新陈的交替使得酒气始终伴着人生，伴着古今。几千年的历史，无不飘扬着淡淡的酒香，或说无不充盈着酒的氤氲，这仿佛就是历史上刀光剑影的英雄气；就是历史上豪情满怀的曲、歌、诗、词、赋。

挥笔几诗抄纸上，请君与我共品赏。

诵读旧词无酒尝，古诗却有美酒香。

人为什么这样与酒缠绵？酒为什么能这样把持人意？酒又有那么长的历史，又有那么丰富的文化内涵，甚至，和人一样还有生命。酒有生命，这是生命的泛化。其实，酒的生命也是一个喻人的说法，像石头的故事一样，仅是一个传说。

一切由着人类操纵，一切由着人类挥洒。人类自古以来就充满着醉意。看看人类的足迹，歪歪斜斜地杳然而远去，跌跌撞撞的足音依然在回荡。

踏雪觅趣见精神

真有许多相似的一幕。去年的冬天，这座城市下过一场雪，此时，我正在这座城市里。雪下得很大，忽然间白色便占据了整个世界。让人欢喜，乐观如童。

今年的冬天，我又来到这座城市。清晨醒来，观窗外清明，打开窗帘方知正在落雪。地上一片洁白，不免又有些愉悦。雪总是那么的生动洁白，让人的心灵仿佛受到洗涤了似的，总有些升华了的灵动。

（一）

那片湖水，早已失去了涟漪，薄薄的冰上覆着一层薄薄的雪。雪面上留下了一串串鸟儿的足迹。这里一年四季是鸟儿的乐园。鸟儿常常在水面上滑行，划出美丽的水线，但又会很快地消失。当水面恢复平静时，鸟儿便把它飞翔的影子投到水里。碧水云天，倩影其间，使我想起唐代杜甫的诗《和裴迪登新津寺寄王侍郎》："何限倚山木，吟诗秋叶黄。蝉声集古寺，鸟影度寒塘。"而目前却是寒冬，只有鸟影和诗句。冬日里鸟儿留下的雪迹却被凛冽的寒风儿固定在雪面上。宋代苏轼的《和子由渑池怀旧》里的句子有云："人生到处知何似，应似飞鸿踏雪泥。泥上偶然留指爪，鸿飞那复计东西。"倒是写出了此时此刻的感受。

在这静谧的环境里，我不禁放慢脚步，且轻蹑于曲折的小径。但还是惊动了那些在树枝中欢然燕谈的鸟雀，忽地成群冲上了天空，掠过湖面，又忽地隐入树丛中。再次飞起，队伍越来越大，斑斑黑点在天空中，形似一条长龙似的在飞舞。

这些小生灵们越来越多，达遮天蔽日之规模，蔚为壮观，往返来去，总不肯栖息。我只好停下脚步，不敢言语，景观其趣，静候其栖。

它们的行为使我明白，这里是它们的天地和乐园，不容尘埃之人的介入，尤其是在这冬的白色的世界里，一切都清清楚楚的，不曾有丝毫的隐蔽。

（二）

那片青青竹，雪后清清白白，不负君子盛名，令人俊逸。我不禁吟哦道：

白色染鬓无人怜，喜看白雪染世间。

从未见过竹花开，今却竹前赏花白。

那一片松树，托起一片片的雪堆。本就谦逊的松枝，更低调地垂向大地。松枝仿佛调皮的孩子似的，从雪堆下伸出头来窥看行人。

我想：梅兰菊竹四君子应再增加一君子，那就是松树。其实，这远远的不够，具有霜雪品质的还有那白玉兰，也是岁寒然后知其不凋。还有那些冬青树，都是君子之列。

那几株枣树，只剩下了黑色的枝桠，支楞着横斜在几块巨石边，颇有一点艺术画作的风格。那密密麻麻的枝桠，确夺了诗的韵律。平平仄仄，仄仄平平地在耳边飞扬。那黑色犹如浓墨，没有半点的飞白，浑然无瑕。虽然其凋敝了，但却露出了另一种坚韧，没有叶子的呵护，赤裸裸的在寒雪中，"征马为踌躇，僮仆皆辛酸"。

拐一个弯，在一亭榭的角落，有一丛腊梅，几朵花像疏朗的星星，在树枝间绽放，与雪花同枝艳，在寒冽中颤抖，人道是岁寒三友之首。我是认同这一观点的，腊梅总是淡淡的，不经意间给人带来盎然的诗意。从不在意人类的态度，只是在天地之间恣意地独自凌寒吐芬芳。

草木之灵，给人以游之乐，虽不远行，但见天机，此心灵之美而美矣。

（三）

读古人之书常念古人之忧。自古不乏贤人，欲取仙境，成仙悟道，行则乘鹤，居则洞天，终务一事，吟诗作赋，品茶论道，讥世笑尘，唯其自身洁好。但他们的思想只是成为后人之文学之资，不曾改变过社会，徒吟而已。

其实，只要心境如眼前这湖面一样的平静，则到处是洞天仙府。这并不奢求，一切就在你的身边。

李白曾追求成仙，《梦游天姥吟留别》诗中作证："青冥浩荡不见底，日月照耀金银台。霓为衣兮风为马，云之君兮纷纷而来下。虎鼓瑟兮鸾回车，仙之人兮列如麻。"好一幅忙碌的仙境。

王宠深受李白的影响，写过许多欲成仙的诗篇，《九华山歌》"嗟予濩落无所成，狂心时梦升天行。名山或有异人遇，跪受宝诀求长生。"《越溪庄畜有四鹤作四鹤篇》"我愿驾此鸟，三清朝上台。冠将星半缀，衣以虹睨裁。肃肃紫宫启，巍峨间阖开。"正反映出其修道成仙的强烈愿望。

像李白和王宠这样的士大夫们总企望与神仙为侣，或神游神仙阆苑，或冀望丹药升天，而成为仙人，都是自我超脱的人生理想。他们得志时则仰天长啸，说自己是蓬蒿之人，不得志时则又以庄子哲学以吐郁闷。但这并无可厚非，人是要找到舒解情绪自适而生的方法的，这也是社会与人的自然法则。

（四）

现实之中，一切都是真幻影。

四季之换变新颜，故且踏步人间尘，抚去幻想方外心。枯荣真天性，先后皆自然。我自先作绿，管他荣与枯。凋散在一边，静赏枝上艳。枝杆半遮面，花开傲雪寒。败者挺立绿色中，绿色本就荣华命。曾落花叶枝，一旦露花面，也便脚踏枯荣间。

一切都彼此尊重着又彼此独立着。

但这一幕幕的身边自然的景物，却给人无限的乐趣，不比乘鹤于仙天之境而逊色。

那些所谓的仙境也好，天堂也成，间阖苑也好，都是人们立足现实而想象出来的，是一种理想的境界而已。正如这眼前的雪，装扮着寒冬里的枯败，是一种靠不住的粉饰。

在这纷繁复杂的现实中，也不会有局部的纯粹的理想之境，一切理想皆脱离不了现实的环境。也如这雪的美丽，是万物之异形的契合。

热闹的海边

　　傍晚驱车路过热闹的海边，发现与往常不同，仿佛天更高远，海更辽阔。于是停车步入海滩，忽又感到一种悠闲，或许是受到了沙滩上那些赤脚漫步的人们的感染。

　　海浪一波扑来，又一波远远地追逐着；人们穿着各种颜色的衣服踏浪而去，被海浪惹得笑声朗朗；海鸥在波浪上悠然地漂浮着，静观一切；那些散落的石子和贝壳五颜六色，点缀着金色的沙滩。

　　一时间，打开了我的心扉，一切人间红尘之事，都倾倒给了大海，使得我的心一下子空了出来，没有了平日的负担和沉重。

　　此刻，如果有一双翅膀，我一定会飞翔，像那海燕一样掠过天空；如果有一身鳞甲，我一定会跃身水中潜入海底，像鲛龙一样翻起波澜。

　　海边逆光中的高楼，一簇簇的浑然一体，如城堡一般在暮霭中耸立着，让人感到古老的存在，想起旧时的传说。

　　沿海岸线而立的群山，起伏的曲线刻画着天际，诠释着上苍的鬼斧神工的匠心和卓越。

　　大自然不仅是美丽的，而又是有力量的。山峰是如何筑起来的？海又是如何掘成的？这就是大自然的力量。但人类也是美的，也是有力量的。大楼是如何盖起来的？运河是如何凿出来的？自古以来，人与自然的抗争历史总是波澜壮阔的。

　　我突然发现自然的海岸线已不复存在，全被人工那整齐的石头砌成了平整的岸边，还有小的码头从岸边伸向海的深处，但大海抗争的意识从没有磨灭，许多岸边石头砌成的岸线被海浪掀起。人类把岸边修砌得那么整齐，大海却从来没有满意过。人类何曾满意过？

大海那怒涛，正如狂躁的雄狮向着岸边扑来，但人们并没有理解其意，反而却欣赏着，美其名曰："雪浪花"。

此时，海浪并没有发怒，而是以曲线般的脚步向岸边奔来。海滩上的人们也散漫着一种美，那就是自然和浪漫。

夜幕降临了。大海波涛依旧，如泣诉，如低语。借着城市的灯光，人们仍逐浪嬉戏。海边仍热闹着。

踏雪觅旧诗

　　清晨走出门，我惊喜地发现地上铺了一层厚厚的雪。清冷的寒气已把雪冻得僵硬。踩上去发出清脆的声音，仿佛还带有一些节奏。我诧异道："哦，踏雪的声音如拨琴弦。"逐渐情绪高涨起来。"美妙的旋律从脚下开始。"我举起了双臂，呼喊着，不停地踏着积雪，多有欣喜。

　　雪花的脚步是勤快的，一夜也没有停歇过。她告别了上苍，在夜的寂静和黑暗中悄然来到大地，这才有了清晨的明朗和清澈。

　　我漫步在花园的小径，细观草木上那一朵朵的白色的花，呈现着奇异的形状和灵气。当鸟儿落下或飞去，树枝的振动，都会使雪花儿纷落。我便恨那鸟儿，不希望鸟儿落下又飞走。

　　看一看大自然，看一看这些极易被人们忽视的现象，人们会悟出许多的道理来。再美好的东西都会有始终，都会有形成，也会有消亡。形成与消亡各有其原因和理由，雪花的形成也是如此。当然消失也有其诸多因素，风儿的吹来会使这美的雪花摇落，即使是人们喜欢的阳光，也会破坏雪花，使其融化。无可避免，从来没有永恒的事物。

　　几棵梅树出现在路旁，有梅花开放。使我记起古人有踏雪寻梅之说，也油然想起了古人的诗来，这可谓之曰：踏雪觅诗了。

　　陆游曾写诗叹曰："何方可化身千亿，一树梅花一放翁"，可见陆游对梅花的喜爱。我则喜欢雪花，那纷纷扬扬的雪花，纵使可化万亿身，也不能达到一朵雪花一秋实。即使有孙悟空的变法，可化身之千万亿，但雪花和梅花可否永恒？

梅花似雪，雪似梅花。"墙角数枝梅，凌寒独自开。遥知不是雪，为有暗香来。"雪花飞落时，正值梅花盛开，喜迎瑞雪。梅花开放时，雪花也会不期而至。于是雪花和梅花就有了千古之缘。

王安石有诗曰："白玉堂前一树梅，为谁零落为谁开。唯有春风最相惜，一年一度一归来。"诗人为什么要问为谁开呢？为你为他亦为我，此为众人开，亦众所周知。诗人的多情，梅花也被感染了吧？其实，梅花就是为雪花而开，怎么"唯有春风最相惜"呢？且问雪花又为谁飞舞为谁落呢？雪花说："一片冰心在玉壶，只为梅花，飞落一年一度。"

雪花本无色，梅花扮粉黛。

红黄粉与白，雪中见风采。

自古多情人，踏雪寻梅来。

雪梅自有缘，何须诗人裁。

"汉宫中侍女，娇额半涂黄。盈盈粉色凌时，寒玉体、先透薄妆。好借月魂来，娉婷画烛旁。惟恐随、阳春好梦去，所思飞扬。宜向风亭把盏，酬孤艳，醉永夕何妨。雪径蕊、真凝密，降回舆、认暗香。不为藉我作和羹，肯放结子花狂。向上林，留此占年芳。"这哪里是咏梅，咏的是粉色的雪花。

"年年芳信负红梅，江畔垂垂又欲开。珍重多情关伊令，直和根拨送春来。"这咏的是红色的雪花。

"蝶粉蜂黄大小乔。中庭寒尽雪微销。一般清瘦各无聊。窗下和香封远讯，墙头飞玉怨邻箫。夜来风雨洗春娇。"这咏的是黄色的雪花。

诗人咏梅有不同的风格和形式，梅花有各种颜色，各具姿态，不乏风韵。但白的雪花的映衬却多了一份高洁，添了一份品格。每每见之雪花飞落梅花间总觉得美丽动人。

再说陆游对梅花的喜爱，不仅是因为其貌美，更重要的是因为其品格，"一枝敢向寒中出"。其不畏严寒，以娇柔喜迎严寒三九，令人钦佩。这是从人格的角度去讲梅花的，不谓之过。就是从自然的角度去讲，梅花也足以让我们称奇的。大自然如此神秘，在那么寒冷的天气，在那炭色的老枝上，生出那么多薄薄的鲜艳的花瓣来。

陆游写过许多梅花的诗篇，还有一个原因是陆游把自己也比作梅花，敢向恶势力斗争抗击。但是社会势力的强大和顽固，哪里是一个人之力量所能及的呢？

陆游也就写了一篇《卜算子·咏梅》的诗以咏志寄情。"驿外断桥边，寂寞开无主。已是黄昏独自愁，更著风和雨。无意苦争春，一任群芳妒。零落成泥碾作尘，只有香如故。"

仿佛陆游一度消沉，其实不然。陆游在其晚年行将就木之时，还对他的家人说："王师北定中原日，家祭无忘告乃翁"，没有忘记国家利益和民族兴旺。陆游虽在军事上报国无门，但在文学上是有大贡献的。

陆游最喜爱的一朵梅花就是唐琬。这朵梅花守住了，何求一树梅花一放翁呢？唐琬和陆游的爱情悲剧虽与雪花和梅花无关，但他们为爱情写下的两首诗堪称为梅花和雪花，可谓寒梅傲雪二品质。

唐琬的诗是这样写的："世情薄，人情恶，雨送黄昏花易落。晓风干，泪痕残。欲笺心事，独语斜阑。难，难，难！人成各，今非昨，病魂常似秋千索。角声寒，夜阑珊。怕人寻问，咽泪装欢。瞒，瞒，瞒！"

陆游的诗是这样答的："红酥手，黄縢酒，满城春色宫墙柳。东风恶，欢情薄。一怀愁绪，几年离索。错，错，错！春如旧，人空瘦，泪痕红浥鲛绡透。桃花落，闲池阁，山盟虽在，锦书难托。莫，莫，莫！”

自然现象好比人类，自有“天人合一”的古训。人受环境的影响，环境当然是大环境，自然的和人文的。自然的大气、水、风、云、雨、山水、草木皆为自然之环境。战争、文化、历史、风俗、政治皆为人文之环境。自然者称之为风水，称之为规律，称之为地利天时。人文者称之为法律，称之为人和，称之为风俗礼教。在封建社会里，有三从四德的封建制度，唐琬和陆游的时代就是封建的社会，他们的悲剧是时代的历史的社会的，但人却是悲剧中的主角。

踏雪踏出音乐，踏出诗篇，也踏出封建的旧事。我起初高涨的情绪又低落，并不禁黯然神伤。但愿旧俗不再回流，但愿雪花不被融化，但愿梅花不会败落。让人世间拥有几分诚信，拥有几分高洁，拥有几分品质。

▎讨好▎

有一些流言满天飞，流言有时是可怕的，有时也并不可怕。而从一些所谓的人物那里，没有原则地去讨好某一个人，从而伤害了另一个人，那是可怕的，不仅可怕而且可恨。可怕、可恨之处有三个方面：一是所谓的人物竟没有原则，把原则当作了交易来换取一点所谓自己的清白。但也从另一面说明：自己虽然有权但并不会用，是让别人左右了。以此代价来说明：此事与自己无关，而错在别人身上。二是竟然拿组织的原则去讨好某些人。极力地去说明某些人的利益没有得到，不是自己的问题，而是别人使然。岂不知，讨好的过程是多么的卑微的过程。不但不会讨及好处，而且会让被讨好的人受到某些伤害。即使是讨到了好，但自己也给自己画了一个像，使自己并不像一个所谓的人物，而像跳梁小丑。如果是这样，那就更可怕，所谓的人物之所以称其为人物就是因为其所居要职，位高权重。如果那么重要的职位和那较大的权力被一个小丑所操纵，能不可怕吗？三是伤害了别人，别人又如何反映一些事情呢？一定是觉得此所谓的人物已不可信，已无道德可言，只有无耻。在这样的情况下，自己得到了什么呢？先不说别人如何看待，自己先照一照镜子看一看是什么样子，是一个具有威严的人物呢？还是一个尖嘴猴腮的小丑呢？我想不必让别人评价，自己已给自己画了一个像。自己照镜子的样子和别人见到的样子是同样的一副嘴脸。

当然，有时一想，这也无可厚非。这是这一类所谓人物的一贯品质，一时间看上去道貌岸然，但长时间地看，尾巴就会露出来。这就是人们常说的

"狐狸的尾巴藏不住"。当他一旦把尾巴露出来，被人看见了，那人们就知道他不是人，而是一只动物。但他自己一旦发现了自己的尾巴露出来了，又会很快地藏起来。只是藏着，但虽然藏着，人们都知道有一条尾巴在他的外衣里面。从此便失去了人的形象和概念。人们发现他的尾巴后才知道他的尾巴也不像狐狸那么长，只是一个杂种。

可怕的是，因为讨好者以原则来作为诱饵，原则用以换取了"好"，则原则便没有了或说失掉了。没有原则的人物便失去了规矩，没有规矩的人就会任性随意，任性随意就会堕落。这不可怕吗？而那些所谓的人物，权力在握，位列高堂，若失去了原则，可想而知，是多么的可怕。原则有二，一是做人的原则，二是做事的原则，如果是所谓的人物那还应该增加一条原则，那就是为官的原则。无论是猴子还是狐狸或是杂碎都不具备以上的任何一条原则。

那些有原则的人是用智慧做事，而那些没有原则的人是用阴谋做事。

智慧是有原则时的方式方法，阴谋是无原则时的方式方法；智慧是正能量，阴谋是负能量；智慧是高尚的，阴谋是卑劣的。讨好就是一种阴谋，像狐狸的尾巴一样永远地藏着，不见阳光，并且是鬼鬼祟祟地做事，不敢光明正大，总是偷偷摸摸地做事，不敢公开透明。

原则的问题不可做交易，习近平总书记提出了"三严三实"，其实针对的就是原则，做人、做事、谋事都要严实。看一看历史上那些人物，他们为了守住原则，宁可丢掉自己的生命，而与那些拿原则做交易、去讨好人的人相比，那是怎样的差别，一个是无上的令人崇敬，一个是卑鄙的令人唾弃。为了让别人说好，就把原则拿出来当掉的人，如果要他的命的话，那一定会为了保住自己的命，把所有的原则都统统拿出来做交易的。像这样的人，所谓的人物怎不可怕，他有着国家的原则、党的原则、人的原则、事的原则，如果都拿了出来做交易，可不可怕呢？那历史上的那些地下人物、卧底，如果拿了原则去讨好别人，可能会使大批的优秀人物流血失去生命，给革命造成巨大的损失或造成颠覆性的失败啊。

那么原则失掉了都是为了什么呢？仅仅是讨个"好"么？那"好"可不是那么的简单，不单什么所谓的人物知道，就是那些普通大众都知道。

社会上也常常有这样的事情发生、常常被曝光，原则都拿去换取了"金钱""美色""房产"。面对原则、金钱、美色如何把握呢？选择是重要的，是做人、为官、做事的准则。最基本的是人的准则，如果丢了那就不是人了，而变成了动物野兽。这是任何一个人都不愿意丢却的，而竟有人丢却了，那需要怎样的金钱、美色、房产的诱惑呢？

但大千世界，无奇不有，还是有那么一些所谓的人物是有勇气拿着原则做交易的。这些人在历史上就是一个叛徒、走狗、汉奸，令人发指。

可恨那些讨好者，不但拿了原则做交易，而且还装作一副救世主的样子，把自己伪装成一个正人君子，又开始讨好别的人了。并未被很多人所看透，从别人那里拿来原则，用以交换，甚至有些人还去尊重他、崇拜他，把原则拿给他，让他把原则保存着，哪知原则到了他那里便被用作了交易。很多人被伤害，但并不知道那原则的保险箱并不保险，而且还把原则源源不断地存进去，而又源源不断地被出卖，岂不可恨？

历史上的革命者和反革命者都在掩饰着自己，都会戴一顶礼帽，穿一件中国传统的长袍大褂，有时也戴上一副墨镜，人们不太好辨认好者和坏者。而那些最坏的人往往伪装得最深，往往伤害得最大，往往最危险。而那些好者，可能会被误认为是坏人，不被信任，不被重视，甚至被那些坏人所害、所伤，甚至处于危险的境地。怎么能不可恨呢？

　　好人要坚持原则，坏人则就没有原则了。没有了原则什么都可以说，只要有利于自己，哪怕出卖了团体的利益，甚至出卖自己的灵魂，只是为了讨好。而那些有原则的人，不能乱说，有些事还要保密，不能透露一点，甚至只能沉默，即使失去自己的生命。

　　一个无所顾忌，一个要守住原则，那么无原则者只要讨得"好"，便可任意而为。而有原则者，欲说不能，只能委屈，只能以时间作为洗涤剂去证明自己。但有时并不给你时间，不可恨吗？

　　讨好，是杂种或杂碎才干得出来的事情。

童年的世外桃源

"童年的世外桃源"，这一句话把我拉回了至少四十五年以前。

人们常说那是一个"与狼共舞"的时代。与狼共舞随时都会被伤害甚至被吃掉。在那个年代，在那个村子里，不仅有狼，而且有鬼魅。

鬼魅比狼更甚，与鬼魅打交道那才是好猎手。狼吃掉的是肉体，鬼魅吞噬的是灵魂。

在与鬼魅打交道的过程中，人们也都提高了本领，逐步适应并习惯，也会在紧张和恐惧中寻求生存的快乐，逐步地形成了自己的生活方式和生产方式。孩子们也在这种环境中成长并得到了历练。

在那个年代，我们也有一个世外桃源，远离那乌烟瘴气的村庄，还有那个倒背着手在村子里到处游荡的鬼魅。我和小伙伴们常常来到这世外桃源忘情地游戏。

这个地方就是村子西头的那条大河。那条波浪宽阔的河流，昼夜不息地向北流去，从没有因鬼魅的存在而止息。河两边的腊树条，以及红柳，还有细细的沙滩，深深的碧流，都是我们乐园里的道具。

来这里，我们往往是在下午日落西山的时分，我们就成了这个时候这个世界里的仙子，无忧无虑，尽情地踩蹒着这片乐园。

记得有一大片的杨树林，是在河的东岸。河流冲垮的岸边，裸露着杨树那苍劲的根。河的西岸，则是一行行的绿色的垂柳，随风万条如柔水。河中央的沙丘上长满了生命力顽强的红柳，红色的柳条伴着在沙滩上匍匐的绿色的芦芽，皆静静地陈列在那一片天地之间。

静静流动的河水偶有涟漪的出现，那就是回应着我们的笑脸，荡漾着我们欢乐的笑声。

为了防止洪水泛滥，在河的两岸筑有高高的大堤。大堤的外面是另一个小村子，没有几户人家，却都掩映在那高大的白杨树和柿子树下，仿佛是世外桃源，但也未逃脱厄运，与我们村子里的人们一样，常常被揪出来，挨批挨斗。不知道这几户人家的小村子是否也有一个鬼魅的存在，但据说都是同一姓氏家族，祖上是一家人，却也在互相地揭露批判着。不过那个年代是可以理解的，因为父子、夫妻、兄弟都互相揭发检举，何况是已经超出五代的一个家族呢？度过了五代的时光，早就进化得没有了人性。

童心往往是不会理睬那一切的悲哀。我和小伙伴一会在河岸上，一会在河面上，一会又潜入水底，过着水鸭子般的生活。没有人知道有几个幸运的孩子在这里玩耍，这里会成为几个孩子们的天堂。这里的孩子也已忘记了这里以外的世界。

然而当太阳收起了影子，孩子们也会意识到夜幕的降临，于是在欢快中急急收兵，怕黑暗的夜的到来。

沿着河边跑着回家，有时会有意外收获，捡到几条小鱼，或小小的乌龟。鱼是被鱼鹰捕啄后，浮上岸来的。小乌龟则为追求自由而来。回到家里，忙把小乌龟放入瓮中养着，小鱼则就成了锅里的美味佳肴。

岸边一些穴洞中，还有许多小动物在里面，刺猬是常在这些洞穴里休息的，常常被我们揪出来，糊上泥巴，被烤着吃了，命运很惨。那个时代生态环境差，人们没有尊重自然的意识，什么动物都敢吃，有时，人还会吃高级的动物——人。这也并不足为怪，历史上早有先例。

直到有一天，我们照例去我们所谓的世外桃源玩耍，在树林里看到有人上吊自杀了，也就很少去那一带玩耍了。再后来听说也有人跳水而死，从此，那一片天地就再也没有了孩子们的欢声笑语。据说，那些人都是在非人的批斗和折磨中寻了短见。这冤屈的灵魂也与鬼魅一样令我们这些孩子感到可怕。从此失去了那片领地。

自然中的乐园有时是暂时的，因季节或其他原因而变，但我们总能寻找到自己的乐趣，这可能就是随遇而安。

我和小伙伴们便迅速地投入到了一个新的领域。当时社会发明了一种链子枪。它的制造过程是用铁条弯出枪身，然后用自行车链子穿在枪身上作为枪膛，在枪膛最前面的一扣链子上用辐条帽做成枪口，用火柴头或爆竹中的火药做火药，用一块松紧带拉动撞针，就会发出枪声。

我和几位小伙伴们常常在一起，躲在一间破房子里手忙脚乱地制作这种链子枪，颇有乐趣。有时锤子不长眼睛，常常砸在手上，有时会把手指砸破，流出鲜红的血来。

大人们发现就喊着：你们在鼓捣什么？我们也总是没有回应，根本顾不上大人们在说些什么。我们也总是希望链子枪一气呵成，做不成不吃饭不睡觉也高兴。那种童趣的执着，很令大人无奈，常常惹得大人发火，只有这时我们也许会暂且放下。

有时大人被惹怒会冲进制造车间，给予统统没收或毁掉，我们则在一隅哭泣。

枪一旦制作出来，一切都会忘记。装上火药扳动枪机，枪声响了的那一瞬间，一种由衷的成功的快乐会使你的率性表现出来，踌躇满志。

但这种枪是有一定的杀伤力的，尤其是对操作者自身也存在危害。爆竹中的火药是爆炸式的，一旦打不出去，枪膛爆炸那就会伤及自己。这个疑点在苍天的保护下永远成了疑点，那颗定时炸弹没有爆炸。链子枪带给我们的只有快乐，遗憾的是我没有把它保留下来，现在的孩子早已不玩它了。但链子枪培养了我们动手的水平和能力，链子枪也培养了我们的气质，使我们这些稚气未消的孩子带有一种雄赳赳气昂昂的军人精神。

大人们看到孩子们都在玩枪，其所担心的世界和平可能就要结束了。其实与战争无关，与孩子们当时看的电影是有关系的。我们羡慕那些战场上的英雄，看到那些经典的影片就为英雄们自豪。一支木头手枪，就可以缴获一支新式武器，好钦佩啊。

我们常想这链子枪是否可以打死那些鬼魅。希望所有的地方都会成为乐园，所有的地方都是世外桃源。

石榴花的风采

夏天的到来使许多的花儿不得不开放，因为夏天的热情打动了她们。受感动的花儿很多，但给我印象最深的是那火辣辣的石榴花。

石榴花，满枝的碧绿映衬着满枝的红星似的花儿，美得让人心醉。但往往一场风雨过后，会使花落满地。跟红蜡做的一样的花儿，撒落在碧绿的草地上，使得枝上、地下，都是碧绿与蜡红的潇洒。

美是很有个性的一种东西，也有许多种表现形式。有时美还是一个长长的链条，我们应该去发现她，去挖掘她，去审视她的美的内涵。无论是正红或是残红都是链条中的美丽。那种"落红去难留"的凄美更让人难忘。在有无之间，在无有之处，往往有深意的美丽隐藏其中，如果我们发现了这种美，那一定是心灵所悟，也便有了诗赋般的哲理性的美丽。

风雨之后，必会有"去留肝胆两昆仑"。一些断然走上了"花雨"之路。正如古诗所说："化作春泥更护花"。留下来的花儿会去实现凋落者的梦。她们总是那么坚强地抓住枝条，任凭风雨飘摇，并在暴雨中逐步壮大，最终长成一个红红的大灯笼似的果实，并微笑着向着大地告慰那些逝者：我们完成了梦想，有您的贡献和力量。这是逝者与生者共同的梦想和微笑。

石榴花是一种敢于向自我开刀的花朵。她以适者生存的态度，去面对现实和未来。

她传承了红色的基因，是一朵团结的花儿，是"笑口常开"的乐观主义者。

试着改变一下习惯如何？

习惯对于一个人是很重要的。有一个好的习惯可以受益一生。反之，坏的习惯染身可以毁掉一个人的一生。一切事物的发展皆是如此。

但到底哪一种习惯好，并不是理论上所说的，至少不完全是那样。有一些习惯是需要与时俱进的，或随环境之变迁而变化之。

过去，我们的生活并不那么富裕，尤其是农耕时代，日落而息，日出而作，这就是那个时代的人们的习惯。一到了晚上，便一切都被黑暗的夜幕所掩盖，人们即使把眼睛瞪得很大，也无济于事，所以人们的眼帘就像夜幕一样拉上，酣然而睡了。

后来从外国引进了煤油，才有了油灯，可以照明。故煤油被称为洋油，灯被称为洋油灯。但那昏黄的洋油灯，豆大的灯火，在漆黑的夜里，给人一种昏昏欲睡的环境，并且即使是这样人们也燃烧不起那需要用钱买回来的洋油，故也就早早地睡下了。当天刚刚破晓时，人们就又起床了，充分地利用太阳的明亮。因此便有"闻鸡起舞"的勤奋之说。

那时，只要充分利用了有阳光的白日，这一家人就是有好的习惯，就会受到村子里的左邻右舍的赞美和尊重。

但到了现代社会，人们的追求已发生了天翻地覆的变化，不再单纯去追求温饱，而是有更多的欲望伴随而至。晚上人类创造的光明，照亮了暗夜，人们在晚上便一起走进了灯红酒绿的生活。早上也不再闻鸡起舞了，而是一直睡到太阳晒着屁股。这仿佛是城里人的坏习惯，但理论上说，这并不是坏的习惯。当太阳升起时，正是阳气上升之时，一晚上的阴气，逐步被驱逐，当太阳升到一竿子高的时候，人们在外面活动才是有益于健康的。这与先前的习惯相比是大相径庭的。改变习惯便是适应社会的进步。

现在的人们创造的现代文明，火树银花不夜天，故也就很奢侈地享受着光明。有时中午时分，阳光最旺之时，人们也会躺在床上小憩。这种习惯在古时候那会被称之为懒虫的，被人们嘲笑为家风不良，浪费时光。

城里人的习惯，有时白天睡觉，晚上劳作；有时大白天拉着窗帘开着灯；在农村人看来，就是"白天绕街耍滑，晚上点灯剥麻，完全是颠倒了黑白"。习惯是由环境决定的，环境的不同，习惯也会不同。城市里的繁华，农村里的寂静，使得人们的习惯有很大的差别。但是各应随遇而安，相互尊重，不可责备。

法国作家巴尔扎克习惯于晚上写作，习惯于一边喝着咖啡，一边思考，并且是一杯接着一杯地喝。有时咖啡的能量会驱逐巴尔扎克的睡神，使他往往会通宵达旦地思考和写作。这种习惯在事业上是积极的，咖啡给了他兴奋、动力，使他创作出了不朽之作，给人类留下了宝贵的财富，不仅是文学艺术的，而且是历史物质的。但他这一习惯却彻底地摧毁了他的身体，以至于形成了对咖啡的依赖，最后在这种习惯之中结束了生命，那支优秀杰出的笔也停止了纸面上的游弋。有许多的成功人士，都有自己的习惯，故这些习惯都是独特的，有的并不被旁人所接受，反被称之为坏的习惯。成也萧何，败也萧何。关键是我们追求的是什么。

有些日常生活小习惯，可以分出好坏的，如挤眉弄眼就是坏的习惯；吃饭吧嗒嘴，像小猪吃食一样，发出声音，也是不好的习惯；在吃饭前喝汤，是好习惯，人们常说"吃饭先喝汤，强其开药方"。通过小习惯，是可以得到一些有益的启示的。无论是好的或是坏的习惯都是可以改变的，在你改变习惯的时候，也许会有很好的意外的收获。晚上坐在沙发上看电视，改为晚上散散步、跳跳舞，对身体一定会更好。现在的电视病、汽车病都是坏习惯造成的。早上习惯于睡懒觉，哪一天早起，走出去一观，空气清新，绿树苍天，那么心情也是在睡梦中所体会不到的啊。雨中撑起伞，走向花园，岂不是到了另一个世界，领略到别样的景色和心情。这一切你想到了吗？不免一试。

从不改变习惯是固执，不断改善习惯以取得成功是执着。你知道执着和固执不是一回事，那你是否改变了你的固执？如果改变了你就剔除了僵化。

自小到大一个人的一生有多少习惯养成了，有多少习惯又改掉了。当一个人离开了心爱的玩具时，便离开了无忧无虑的童年，开始养成学习的习惯。但从此便开始有了梦想，有了梦想便有了追求，也便有了失望和喜悦。当其成家立业时，就有了责任和奉献。责任和奉献会使你不断改变习惯。

任何一个事物，也有不断发展壮大的过程，也是事物要不断地改变习惯的过程。良好习惯的不断改善是事物发展壮大的条件。抱着一种习惯走下去就是僵化，僵化是一切事物发展的大敌，最终一定会走向灭亡。

试着改变一下习惯如何？尤其是坏的习惯。这是一种意识，更是一种品质。这也是走向成功的关键选择。

吴山林泉山房

无论湖边的平川还是山里的小路，都各自有趣。吴山也是杭州一个好的去处。在吴山高处可以远眺西湖，西湖十二景，一览无余。

一条山路深入后，便是另一番天地。一个大照背墙横在广场上，写有"吴山胜景"，对面便是"城隍庙"，被称为江南四大名祠之一。

于阁上观吴山，树木葱郁，只见檐角黛瓦掩映在丛林之中。在吴山之半山腰间，有许多古建筑，其中一处并不起眼，没有朋友引导，自是无人问津的。应友人吴乐先生的邀请，沿一条小山路前往。

时值秋日，通向山门的石街小路，两边绿苔接壤，落叶满阶。走在其间，像是一个仙人，飘然于秋叶之间。

"山门无锁白云封"。在山路边有一侧门，敲打了几下，便有故人开门迎来。入内颇感清静。小小的四合庭院，竹叶轻影，枣树婆娑。

此处名为林泉山房，主人名叫李海波，房屋内字画古书颇有意趣。

在四合院庭之中，摆一方几，再摆上几把椅子，泡上一壶青茶，品禅话史，清凉宜人。秋风常常送来如雨的落叶，从天空当中飘来，助大家之闲情，却也增添了几分诗意，飘逸之感无以言表。

就在这个地方，李海波先生办了一个杂志社，名为《湖上》。这是颇有诗意的名字，在山上自然就在湖面之上。品茶一番，便按捺不住一睹为快的心情。李海波先生带我们观看了屋子里的什物。我这才发现有三间屋子里有许多年轻人在工作，我有些意外，这样宁静的地方，竟然藏了这么多人。心无旁骛才会编著出好的刊物，在这宁静休闲的地方，不会生出三心二意来，只有一心一意。

山里有一种花叫美人蕉，花也开得那么艳，我不禁为这些花儿赞美，西湖边畔吴山之上，花美人美景亦美。这刊物《湖上》，在这样的环境之中，也会被酝酿得如这娇艳欲滴的美人蕉一样。

茶间，海波先生提出："上次相会杭州时，留下的几幅笔墨一直没有盖上印章，这次是否完善起来？"其实我也记着此事，来杭州时特意带上了印章。我说："好吧，盖上。"我便看到平安先生从书房中取出上次写的几幅作品，每幅都用宣纸整整齐齐包裹着，然后一幅一幅地展开，我也很认真地审视后把章子盖上去。兴之所至，又写了几幅与这美好的环境相映的古诗句对联。其中一幅是"花径不曾缘客扫，蓬门今始为君开"，很适合这山里的几间房屋和通向这房子的山间小径。另一幅便是"半壁山房待明月，一盏清茗酬知音"，这句诗显然是为这几间房子而写。在这山腰间的房子里等候明月来访，如若盼望知己的到来。

明月来访之时，会是何等的清凉宁静？碎叶斑驳陆离，月光清明如水。这是怎样的人间仙境？"藕风气香，竹风韵凉，等他月照回廊，浴鸳鸯一双"。

古屋无古人，今人有古风。海波先生岂不是今日之隐士。离开时，海波先生给我介绍了一个佛界，这是他的秘密。他指着院内的两扇大门说："秋实先生您看，这是一尊佛像。"说着便把两扇门打开。开门见佛，近在咫尺，一尊坐佛刻在山石之间。我大吃一惊，不禁叹绝，顿时有悟，举手礼拜。这林泉山房间的灵气原来掩映在此，妙不可言。半里半外，半揽半推，半掩半开，内外兼修，一种禅意沧浪而来。

这扇大门之上有一匾额，写着三个大字："无住堂"。这使我想起了贯休的诗："不羡荣华不惧威，添州改字总难依。闲云野鹤无常住，何处江天不可飞？[1]"。"无住堂"与这诗句中的"无常住"皆有清空安宁之境界，犹禅心之气质。

就此别过，仿佛意犹未尽，"处处回头尽堪恋"，美的景物，美的情形，还有友人李海波先生，吴乐先生，平安先生。

[1] 注：

贯休，俗名张德隐，婺州兰谿人，唐末五代著名画僧。

他七岁出家，为和安寺圆贞禅师童侍。贯休是个记忆力非常好的人，像《法华经》这样的佛教经典，他能日通千字，且过目不忘。他又特别喜欢吟诗作对，出口成章。见到他的人都为他的才华叹服，几年下来已是远近闻名。

当时中原战乱频繁，贯休为了躲避战乱，远走越地。因感吴越王钱镠治理苏杭有功，遂赋诗一首求见。

诗中对钱镠称赞有加："贵逼身来不自由，几年勤苦蹈林丘，满堂花醉三千客，一剑霜寒十四州，莱子衣裳宫锦窄，谢公篇咏绮霞羞。他年名上凌烟阁，岂羡当年万户侯。"

钱镠于景福二年九月任镇海军节度使，驻杭州。在他任上，江浙之民安居乐业，不同于中原战火连绵不断，人民痛苦不堪。但钱镠也是个有雄心的人，有心一统中原，对占据江浙两地并不十分满足。当他看到贯休的诗后，觉得"十四州"别扭，要求改成"四十州"方肯相见。

贯休是个不肯屈就的人，更兼才华横溢，难免恃才傲物。听到钱镠手下的回话，心中大为不快，于是又留下一首诗，扬长而去。

诗云："不羡荣华不惧威，添州改字总难依。闲云野鹤无常住，何处江天不可飞？"

钱镠心中后悔，急忙派人追赶，但贯休已经离开越地前往蜀国。

‖ 人间最温暖的不是春天 ‖

一八八零年，海棠树下，李叔同来到这个世界。一八八四年，在樱花树下，苏曼殊来到了这个世界。后李叔同也在樱花烂漫的国度留学。故人们常常把李叔同和苏曼殊相提并论。

李叔同（1880-1942），又名李息霜、李岸、李良，谱名文涛，幼名成蹊，学名广侯，字息霜，别号漱筒。三十八岁剃度出家。世人谓之大师，多有赞美、推崇。

其在闽南居住十几年，做了很多事情，但是成功的很少，残缺破碎的却很多。

所以，他就反省自己，觉得自己的德行还有欠缺。

因此，他就给自己起了一个名字，叫"二一老人"。古人有诗曰：一事无成人渐老。另一句古语是：一钱不值何肖说。这两句诗的开头都有一个"一"字，所以李叔同给自己一个名字叫做"二一老人"。

正与法号"弘一"相合。标榜得天衣无缝。

当其妻子携孩子去寺院看他时，他却不见，如此绝情！说一不二吗？无情！更是无赖！为什么一开始不进入佛门，娶妻生子后才剃发为僧？

"长亭外，古道边，芳草碧连天。晚风拂柳笛声残，夕阳山外山。天之涯，地之角，知交半零落。一壶浊酒尽余欢，今宵别梦寒。长亭外，古道边，芳草碧连天。问君此去几时来，来时莫徘徊。天之涯，地之角，知交半零落。人生难得是欢聚，惟有别离多。"李叔同无情却恋多情诗，紧闭佛门弄虚文。

堂而皇之地躲避人生。

这并不比苏曼殊好多少。

苏曼殊（1884—1918），近代作家、诗人、翻译家，广东香山县人。原名戬，字子谷，学名元瑛，亦作玄瑛，法名博经，法号曼殊，笔名印禅、苏湜。多被人们唾骂。

其割不断的红尘万丈，其呆不住的佛门净地。在红尘中欠下了风流债，便入佛门避世，等待息事宁人，风声过后又踏入尘世。虽不足取但仿佛其还有怜悯之心，并不那么绝情，因为有牵挂故往来红尘与佛门，或许给人以安慰。

"淡扫蛾眉朝画师，同心华鬘结青丝。一杯颜色和双泪，写就梨花付与谁？""相怜病骨轻于蝶，梦入罗浮万里云。赠尔多情诗一卷，他年重拾石榴裙。"苏曼殊情亦牵梦亦萦，终将真情付流水。

这与李叔同相比仅"五十步笑百步"之虞。

晨钟暮鼓，木鱼青灯，本并不值得提倡，反而却乐于此道，徒有虚名，哗众取宠，何为？

什么李叔同，什么苏曼殊，都不值得提及。过去的就让它过去，今后不要再来。人间最温暖的不是春天，而是人之正义和情谊！

仁者见仁智者见智

现在人们看到什么东西时，都不太有感想、有感悟，比较以前是迟钝了很多，仿佛是司空见惯了似的。

其实有许多的现象还是挺有点刺激性的，有时也感到一点兴奋，感到一点伤感，然而都没有什么想法，或写点东西以成文。因为都知道说些什么或写些什么都无济于事，故也就因此沉默了。

深知道不言是一种消极的态度，但是一旦开口就后悔莫及了。话语一出就会不胫而走、不翼而飞，因而地上跑的天上飞的流言，随时在伤害着人们。有时自己发出的飞镖可能还会扎伤自己，即使你说的话都是好话。好话的传播，时间一长，也会像食品一样变霉。不想被误会，那最保险的办法便是不开口。

不过刚刚发现这点现象，网络上就出现了抖音之类，仿佛是压抑了许久无处发泄似的，一时间形形色色的人们到抖音上一吐为快。

北辕仿佛是一个老手，比较沉着，侃侃而谈，内容无所不涉，有时听了似乎也有些道理，有时也不尽如人意，言谈举止有些风范，像一个相声表演者，落落大方，自以为是，堪称四大爷。

未堵也偶尔出场，如果堵了怎能出场呢？谈点文化与收藏，炫耀一下自己的经历和资历，这也有些可听之处，不是那么牵强附会，至少藏了一些玩艺，藏者，占为己有，大盗之流。

还有许多抖音视频，仅仅是一种展示和炫耀，不足可取。而有些则是反映身边之事，或不平，或褒扬，以示大众。但他们却常常引起人们的关注，以形成洪流，闹得沸沸扬扬的，总有人中矢。

网上有许多的消息是一些流言，当然也有的不是蜚语，但总免不了被评论一番。关于一个问题各有不同的观点，不是那些所谓的什么家，也不是那些学过法律者，而恰恰是大众，仁者见仁智者见智，会看的看门道，不会看的看热闹，无可厚非。

而那些所谓的权威者，此君，也不是所谓的什么家，也不是学过法律的人，会把大众统统划为愚笨之列，但是为了达到自己的目的，又把愚笨的大众的评点拿来作道具，并总结出几条，看起来十分的逻辑，也拿来在阳光下晒一晒，就像发表了什么大作一样，骄傲地挺直了腰杆子。再找几个zy跟上几个帖子，那又得意得忘了形。

此君只是有着以己之短轻别人之长的天才，仿佛这样就会抬高自己的身份和权威，不管什么样的事仿佛自己都懂得，像是学者或是专家。

这还不足为奇，更令人奇怪的是自觉聪明绝顶，不管被轿子抬到哪里，都会侃侃而谈。但当让其自己行走的时候，便无能为力了。

厦门的雨

厦门的雨，使得绿色如翠，尤显得醉人。"绿遍山原白满川，子规声里雨如烟。"

沿着海边，乘一辆轿车，奔驰而去，你就会发现那绿得可人的翠色，一眼望不到边。只在绿色的顶端偶尔露出尖尖的楼顶，仿佛是飘着脚根儿，向绿色丛中张望似的。

轿车在雨中奔驰，雨点噼里啪啦地向车顶打来。车前方的玻璃上的雨刮不停地摇摆，雨水又不停地泼来，这一幕，一来一去，虽然显得很匆忙，但闲情仿佛由此而生。忽然忘记来到心间做客了。"此时情绪此时天，无事小神仙"。

坐在车上透过这雨幕，就是那雨中的翠绿，绿意不断地滴下来。偶尔透过绿色看到那大海，茫茫一片犹如苍天。林雨先生说：海中那岛是金门岛。雨中的金门岛犹如一片墨色，浑然在天地之间，若隐若现。

这时的心绪正如树林里的小鸟，自由地跳跃着啼鸣；正如蓝天白云里的雄鹰，自由地扇动着翅膀翱翔；正如那大海里的蛟龙，自由地翻起浪花遨游。

厦门的雨是那么低调，默默地洒向大地，从没有雷电的轰鸣与闪烁，静静地滋润着万物。它总是那么潇洒地抹平整个世界的色彩，青青的一色，不分明暗，不分阴阳，一切的事物都在同样的环境中享受着洗礼，从不厚此薄彼。在雨中，总会淋湿人们的衣服，无论是谁一律一视同仁。

雨中的人们很平和，几个好友相聚品茶饮酒总觉安然。好友、茶、酒、翠绿，"淅淅西风淡淡烟，几点疏疏雨"。怎不使人兴致于天之闲情和人之故旧。

老友的相逢，赏雨中景物，又品高楼香茶，更有高谈阔论。文强先生和林雨先生两位友人，邀我一起在高楼上品茶，望去的感觉虽然和坐在车上观看的感觉不同，但却有异曲同工之妙，皆十分惬意。高楼上，茶室里那长长的案几上，袅袅地燃着沉香，使室内满是幽香淡淡。端起一杯茶，哦！一种特殊的味道扑鼻而来。呷一口茶，沁人心脾，回味无穷，但却不知其名。主人笑而答道：是奇楠木茶。

这世界上的美妙无边无际，正如这眼前的雨，正如这眼前的绿，正如这眼前一色的海天。这茶的香气和这沉香的轻烟，无声无息地熏染着环境，悄悄地滋润着我们的心田。

时间过得飞快，吃中午饭的时分到来了。林雨先生请我们和永强先生品尝了日本料理，雨水打在餐厅的玻璃窗上，犹感到餐厅间的私密和安闲。

日本料理在我看来却是中西餐饮文化的结合，既不是满盘子满碗，又不是单调的一份牛排，而恰恰是一份一份的集合，简单，明快，卫生。日本料理往往是光盘子行动的典范，从不浪费。以此类推日本的服务和管理也都是精准的，不过度也无不及，这就是高的效率，低的成本。晚上吃的海鲜中餐，满盘子满碗的，还没有开始就有一种狼藉的感觉，最后剩下一大半。人们戏说：中国人好客，不剩下难以表达盛情，光出盘子会感到尴尬和小气。那为什么吃日本料理和西餐时就没有这种感觉呢？

这一问题，是否是一种环境意识和心理？这一意识和心理的差异，即使大雨倾盆也是难以抹平或洗去。

人们往往不伦不类的，吃着日本的料理，喝着法国的红酒，说着无聊的话题，不知不觉天色黑了。

夜的到来迎合着雨的低调的性格，借着灯光却看到了雨的晶莹，那一瞬间的闪烁让人心动，瞬时有了诗人的心。"只有醉吟宽别恨，不须朝暮促归程。"冲进雨林中，雨又会淋湿你的头发和衣裳，这也不失是一种爽快，使你张开双臂拥抱雨的暗夜。

厦门的雨，如此缠绵，犹如故人归。"雨条烟叶系人情"。

古镇犹存

"古镇青山口，寒风落日时"。

高德古镇，清时建筑，有朋友介绍我去看一看，我也饶有兴趣，于是欣然前往。那是一个炎热的下午，虽然已接近傍晚时分，但太阳依然很灼人。

方踏入时，并无什么游客，只是偶有古镇里的人坐在门前，老人在聊天，年轻人在玩手机，这似乎和古镇的面貌不太相称。

我一路走去，古镇到街道两旁的小商店，大都没有顾客，连掌柜的也少见，可谓门可罗雀。街道上的我们便是全部的游客，西斜的阳光把我们的影子拉得很长很长，颇有一点古风。这些建筑低矮、潮湿、阴暗，并不是什么有价值的古建筑，但有这么一个区域，供人们延续生活，并搞一些商业和创意活动，留有一些历史的标本，也是一件值得赞赏的事情。

当我们穿过了一条古街时，天色将晚，太阳逐渐收了强烈的光芒。我们又沿另一条街迎着落日的余晖返回，逐渐地一些门店有人掌柜了，但也是一个人孤独地守着柜台，无人问津。太阳的离去，使得古镇更加的灰暗。有些门廊很深，偶尔发现有老人孤独一人坐在那里发呆。这也是一道风景，多少年未见了。记得都是在书本或画报上介绍一些古镇或大山里的人们的生活情形时才能看到的画面。古老的房屋，阴暗的门廊，坐着一个或几个走神的老人，高高的栅子，挽起的裤腿，瘦弱的身躯，黝黑的脸庞，确是古城的风貌。这在一些杂志上是风光，而在现实中却有些怕人。

我们走进了一家古建筑房屋，门廊内有一个中年女人坐在一个布艺沙发上发呆，我们问："可以进去参观吗？"她无应答。我们再次大声地问："我们可以进去参观吗？"她似乎从梦中醒来，表情冷漠地说："可以。"于是我们几个便走进去观看，房子虽然破旧一些，但可见曾经是一个大户有钱人家的房子，如今后人可能都到城里去了，古屋里也只剩下了老人。一路也没有看到一个孩童，起初看到的玩手机的年轻人，也许是再来的想利用这里的招牌来捡点利益的吧？这户人家是二进院，最后一道房子，被破坏，只留有地基。地基再往前，是一座大山，山上有棵高大的榕树，看上去有几百年的历史了，遮阴蔽日，使得院子很私密。参观完后，一转头，一位老妇人出现在院中，仿佛是隔世之人，问她什么话，都是听而不闻，只是一个表情地看着我们，怪怪的。突见一只黑猫在角落里，两只眼睛发出亮光，刻画着这幽暗的环境。

我们走出来，继续沿着小路往回走，发现街上有许多的芒果树，结满了果子，还有许多叫什么柚子树，大大个果子像个地雷，走在树下，不免有些担心会掉下来，打在头上。但却是这里唯一的生机。

古街两旁有些院落的大门紧锁，杂草丛生，前后树枝横陈，主人早已远离。有些屋顶已经塌陷，残垣断壁，颇有些古意。这是我看过的老古镇中最有感觉的一个古村落。

走出村落，来到村头有一个广场，来时广场上的戏台正在排练，回时广场四周绕戏台已是摊点密布，小商品琳琅，小吃满街。看来晚上有好戏看，一边品尝着小吃，一边熙熙攘攘地买小商品，一边漫不经心地看戏，确实是逍遥自在的境界。这眼前的整个场面既是一个大舞台又是一场大戏剧，自古以来从未停息，有时熙熙攘攘，有时冷冷清清。

这古镇的面貌，由于曾经的败落、繁荣、宁静、喧嚣，故带有一些沧桑和凄切，残留至今实属不易。今人在此筑戏台，演戏、看戏、买卖，送给古镇一些生机，确切一些是赋予古镇的一曲挽歌。

曲终人散，夜色阑珊，寂静又还给了古镇。其实，这就是古镇应有的境界，笑看今人和现代的高楼大厦，从不言语，只是默默地任岁月侵蚀，任人类摆布。

唯"万古镇扶疏，不逐秋风老"。

校园的秋色

二零二一年的十月，我再次走进了中央党校，与上次时隔近十年。

人们常说"金秋十月"，此时的党校也是堪负此名的。金色的银杏树的叶子，闪着光，惹人眼目，还有红色的枫叶，绿色与黄色相间的法桐，绿中隐红的黄栌，把党校的校园装扮得五彩斑斓。

校园里有许多的水，水中也有多彩的倒影，使人置身于一个立体的美丽的世界里，有一种摄人的灵魂的存在。当然，这里本就是灵魂和信仰的阵地。在这里可以看到中国共产党的历史、文化、人物、故事、精神和毅志力。

漫步在校园里，到处都是美的秋色，许多的学员都手擎着手机不停地拍下随处的美景。而坐在教室里的时候，听到的课都是思想的艺术，理论的真谛，学员们无不聚精会神，不停地记录着那精彩的讲述。

入住的当天晚上，虽然已是夜幕降临，但我还是情不自禁地走出了宿舍，寻找十年以前走过的那些熟悉的小路。出门便发现许多人在路上散步，还有人在打篮球，操场上的灯明如白昼。

首先感觉到的是似曾相识的环境。记忆往往会被时间所磨灭，即使刻骨铭心的往事，也经不起时间的洗涤。十年前对校园的印象总认为是清晰的，但今天再次走进，则已不辨方向，常常会感到陌生，有时还会迷路。不过几天之后，一切都清晰起来，最后完全恢复了对校园的记忆，轻车熟路之感又回到我的脑海中。

清晨起来，美丽的校园显得很清新。仿佛秋比昨夜的颜色更深了，到处已是红叶满树，黄叶飘飞，美得撩人心扉。

睹物思人，打开手机，输入关键词"党校"，一大串熟悉的名字显示在手机屏上了，那都是第一次来培训时结识的党校的老师和同学。也便兴奋地拨通了李言源先生的电话，不久他便来访我了。我问起了许多的事情，在问答之间，了解了许多的人和事，岁月变迁，人事相催。

那个清真餐馆，这次却成了学员们的食堂；那水中的亭子，依旧如一位美人立在水中央；水边的灌木丛，弯腰倾向水的一边，结着红红的果实，倒映水中，堪称一道美景；落叶满径，踏上去沙沙的声响，颇有音乐感。我与当年的一位同学说："又来到了母校"，彼此兴奋地发出爽朗的笑声。

风儿吹来，水波涟漪，树叶纷飞。落下的叶子几乎把树下绿色的草坪全部覆盖。黄色的银杏叶子落在绿地上，红色的枫叶落在绿地上，法桐树落下的黄色的叶子也铺在草地上，多彩层层地铺设起来。

而树枝上的叶子逐步稀疏了，但风儿仍追着不放，不得已也便随风而去。尤其是那些碎小的叶子落下的那一瞬间，只感到美得动人，不曾有诗人们所谓的伤感。

当你捡起一片落叶，观之颇令人动心。那结构，那纹理，那形状，皆是自然之天工，非人类可媲美。人类可以发现一切，但却不能发明或者创造一切。人类虽然伟大，但山、水、天、地皆非是人类可为之的。人类常常去追求一些东西，有时也很极端，但往往事与愿违。

党校的一个广场上，碑石上题写的"实事求是"四个大字，永远具有现实意义。无论在什么样的季节里，它都不会褪色。即使在这美丽多彩的季节，最具魅力的仍然是这四个苍劲有力的大字。

还有那些人物雕塑，雄姿英发，金戈铁马，雄才大略，皆焕发着时代的光芒。这多彩的时代是用生命换来的，是用鲜血染成的。你看那尊雕像，五十六个民族团结在一起扛起的那面迎风而动的红旗，白、黄、绿、青、蓝、紫的映衬下尤显得红得优美、红得鲜艳。正如这校园的秋，之所以有斑斓的美丽，就是因为有多样化的草木的共生。仅一种单调何来之美哉？犹一群人穿着一身黑衣服，如乌鸦一样，哪来的多彩之美啊？当人们见到浑身灰色的麻雀时，不会有任何的触动，但当人们见到多彩的啄木鸟时，就会兴奋，这就是多彩的效应。

离开校园的时候，秋的浓艳正令人醉时，至今忆起，仿佛初醒。

雪飞，腊梅芳

每当冬天不下雪，人们就觉得不像个冬天的样子。每当过年不下雪，人们就感觉没有年味。阴历年已经来临，但仍然不见雪的影子，人们便会叹息，可见雪之不可或缺。

苍天似乎善解人意似的，每当其时，便会有雪的翩然而至。

或许先是零星的雪花飘飞，瞬间，密集的雪花便会拥挤起来。一会驭风而来，一会湿湿地坠下，一会又粒粒撒落。一时间树木开花，苍天清明。

这天地一色的洁白，迷失了人们的心灵。雪花迷津，不知何处。如入天堂，桂花玉兔。伸手捧之忽觉其凉，大开眼帘悠然又无。玉鳞隐去，湿我手斛。

在雪的世界里，一切都是玉栏杆，盼得美人依。洁白饰染天地间，如幻如梦方外仙。

雪之美，值得赞赏，而在雪中开放的花儿更值得赞美。寻遍天下客，仅数腊梅花。莫说草木不劲风，其中不乏耐寒英。

当飞雪之时，在枝头上稀疏地开着那腊黄的花瓣，尤显出腊梅花的品格。

我曾探究其为什么耐寒，因为其生长在粗壮的枝干上？因为其有春的梦想？因为其花瓣的坚强？因为其喜欢这雪的洁白？百思不得其解也。也只有赞赏。

只嫌冬日无颜色，且早显身一枝春。

冰雪相佐增风骨，骚客吟咏生新韵。

西风烈烈雪欲狂，树上树下作花忙。

人间萧萧闭帘窗，堂前堂后无人赏。

腊梅瑟瑟傲雪霜，无遮无挡漫消香。

满目飞雪腊梅芳，一生一世总相向。

写生

写生是多么的高雅闲适，让人十分地羡慕。我也曾附庸风雅。

写生往往是艺术家们，用画笔描绘眼前的现实。我的写生则是用文字描写眼前的意境。于是我去了郊外，所谓写生。一片好风光，一口气写好了十几张纸，正要收兵，一阵风刮起，把一部分稿子吹走了。我没有犹豫，追了过去，稿件已落在河里，顺流而下。

我穿着鞋子和衣服，奋不顾身地冲到水中，抢回了书稿。回到原位，发现原来留下的书稿已不见了，也被风儿吹走。垂头丧气之时，一看手中的稿件，已被水浸透，模糊不清了。

那河中有一片沙汀，我站在河岸上张望，上游的水清澈见底，在沙汀边缓缓流过。眼前的美景，使我忘记了风的侵犯和水的无情。于是趟到了沙汀上，亲临其境。突然，碧蓝的水大涨，向沙汀涌过来，但水仍如此清澈，一幅大美的场面展现。

洪水的扑来，使我不得不向岸边撤退。还没有来得及上岸，只见水浪勇猛地扑来，我急忙向下游的岸边奔去。恰好岸边有一棵大树，只见树干、不见树冠。我努力借树一臂之力，跃上河岸。回过头来一顾，河水已经涨漫河岸，滚滚而下。

那金黄色的细细的河沙，那灰黑色的树木的光滑，那带有灰色的桥的石头，那仿佛有些绿的碧蓝的水湾，都被洪水激荡而去。

我是很少去野外写生的，许多文章都是在琐碎的时间写成，飞机上，动车里。今日偶尔写生的成果却被风儿和流水夺去。故而我还是喜欢那些琐碎的时间，随手拈来。感之则有文，修饰则成篇，所以自诩为：行云流水。

云在必有深，水在必有浅。但板桥曾说：云起一天山，月明一地水。所以我自希望这白云有止，成为连绵不绝的苍山，也希望这样的水来自太华能积潭成渊。这也是我每每成篇追求的境界，即使云不能成山，水不能成渊，只要做成山之石，做成渊之水，足矣。

"百家争鸣，百花齐放"，此艺术之大格局。琐碎时间写成的文章也如一朵朵的花，集合起来就是百花了吧？不同地点、不同时间、不同心情，写出的每一片段就会各有风格。

曾在动车上写道：我们经常看到树上的叶子落下，有时会落在柔软的草坪上，有时会落在白水面上，有时会落在硬硬的马路上。

树叶的落下总是一件失败的事，即使可能有暂时的飞舞。

落在马路上者会被车轮碾过。树木和叶子是否会有些悲凉，但我们却没有感到一点悲悯，反而感到是一种静美。

曾在飞机上写道：螳螂捕蝉黄雀在后，这一自然现象被人们所发现。这是一个生态的链条，螳螂吃蝉，而黄雀吃螳螂，一物降一物。然而，时代的不同，螳螂和黄雀都在捕蝉，那可怜的蝉啊，怎么能有逃脱的时机，只有死路一条。不等秋风萧瑟，蝉就被吃掉了。这就破坏了生物界的链条。正如那些越俎代庖的人，总喜欢替别人做事，乱了做事的阵脚。"噤若寒蝉"在自然界则已成为历史，而在人类却刚刚开始。

天下之事谁知，你知我知天地知。然知之又如何？"知而不言，言无不尽"，从何谈起，谁出此言？《孝经》曾云："非先王之法，法不可法，非先王之言，言不可言"。自古以来徘徊其间，不出左右。

沅湘之念，屈子为源。因其言而流放，因流放而抑郁，身怀绝术，报国无门，投汨罗江而殉义。东坡因不言而流放，不言不辩让历史作证，但东坡虽无报国之大路，亦履其卑微之职，以其乐观待恶遇。

曾在酒席间写道：酒至微醉之时，半仙看着一位朋友曰："今日相见十分高兴，我观你印堂饱满发亮。"正要说下去时，那位朋友打断了半仙的话："对不起，千万别说我还能升官"，并嬉戏着，"求你了啊，大师先生"。半仙那诧异的神情，半天说不出话来。终于又问："为什么？你大有前途啊。"朋友答到："我已退休在家，赋闲多年了。"满堂宾朋大笑。

曾在思索中写道：我经常看到一些庞然大物，但每每见之，都感到有一种厌恶。你看那些大河马，满身的肉，趴在水中，常常喷点水，以显示自己的存在。还有那些牛也算庞然大物吧，一时不闲着地吃，直吃得脑硕肚肥。那鳄鱼就更不要说了，卑鄙龌龊无耻，总是伪装自己，偷袭别人，从不光明正大。连封建时代的君主都不如，那些封建的君主们还在身后挂一匾额，赫然写上："正大光明"。虽说也并非如此。

这就不必担心会有无情的风和冰凉的水，只有一帆顺风，行云流水。

大山背后的人间天堂

山海之间，哦，确切地说，是山海相连，因为山与海没有一丝的缝隙。在山的半腰处有一条窄窄的马路。马路两边全是一些人家的房屋。虽不是错落有致，但也并非杂乱无章，只是依山傍海自然地坐落着，自有得天独厚的风格。

俗话说靠山吃山，靠水吃水。生活在这里的人们可谓之幸运。一边是一望无际的大海，漂泊着各式各样的渔船。一边是连绵不断的山脉，梯田层层叠叠地在山间漫延。他们既吃着山又吃着水，可谓左右逢源。

我和几位友人一起驱车，绕到后山，方才发现了这个人间天堂。

进入山区的当儿，山上那些岩石，就像各种动物一样，带着冷漠的表情凝视着我们，尤其是那块酷似关羽面孔的岩石，一直目送我们进入大山的怀抱。仿佛我们是外星人似的，使得它们的目光如此的惊异。

驱车进入腹地，下车随意地向一条胡同走去，这是一条向上的胡同，拐弯抹角的，不免有一些石级。我们欣赏着这些农舍，但很快就走出胡同，豁然开朗，看到了一片山野，仿佛胡同里兴趣正浓就结了尾，意犹未尽。

但，我们没有折回，一直沿山路上行，一些樱桃树生长在路边，却像是抿着嘴，笑迎客人的到来，不像一进山时那些岩石那样冷漠。樱桃酸甜的味道也令人口中生津。放眼望去，漫山遍野的茶园，整整齐齐地绕山而去。偶有采茶女在采茶，她那红色的衣装点缀其间，颇有些意境。

忽一抬头，看到山顶上的太阳破云射来光芒，乌云翻滚，大山苍苍，气象万千。朋友便懊悔没有带上专业相机，只能用手机记录下那些有趣的景象。

从山上下来，走进那些茶舍。你会发现窗台上，走廊里，书柜上，到处都摆放着石头、贝壳、鹅卵石、海产品，还有茶。

那些石头，带着大山的雄伟，带着大山的奇异，带着大山的气息，迎面向我们扑来。那些贝壳，带着大海的潮声，带着大海的神秘，带着大海的苍茫，送给我们一种博大。那些鹅卵石，带着大山的文脉，带着大海的波纹，静静地陈设在人文之上，那是山海之子，那是天地之魄，那是修行的正果。

这里我记得曾经来过几次，但这次来仍感觉是一个陌生的地方。

山是博大的，故每拐一个弯儿便是另一个世界，每一个山头都别有一番天地。正如这马路两边的山村，每一条小胡同，都别有一番风味。一步一趣，哪怕是一棵草，一盆景，一缸水，也感觉颇值得欣赏留恋，仿佛唤回了我童年的时光，找回来我丢失多年的好奇心。

海是宽阔的，抬眼望去，依旧是一览无余，一望无际。大海虽说是生生不息，咆哮着不断地向岸边送来美丽的浪花。可是在这半山腰处看到的大海，就是一面平静的镜面，不曾有半片的波浪飞花。正和了这别致的静谧而幽深的院落。一砖一瓦，一窗一几都那么沉静。

其实，这里的人们总是热闹着，忙碌着，但却有一种幽静常伴在他们的身边。

大山和大海养育了这里的人们。在我的眼里，他们的生活不仅是逍遥，更多的是游玩，是欢乐。他们从未出山，却与外面的世界不曾有片刻的隔绝。她们虽然足不出户，却把自己辛勤劳动的成果分享给了世界的每一个角落。这就是她们生活神秘而浪漫的特点。

我们终于落座，开始品茶，也便在茶香的氛围中听她们讲茶的故事了。茶的采摘，茶的制作，茶的鉴赏，茶的文化，新茶、旧茶、老茶和陈茶无不涉猎。她们认为茶就是人生，不同的年龄阶段，便会有不同的韵味。这也便是紧扣了茶的主题和人生的哲学。

问起这里茶园的来历，她们说最早是南方来的道士们带来的，在道观里种植。后人们从道观的道士那里要来移栽，逐步扩大种植面积，经许多年而成现在的规模。大家常说"行行出状元"，我则认为"行行皆有益"。我们许多的东西来自传教士。明清之时，传教士来到我国，是西学东渐的传播者。医疗传教，治疗白喉、麻疹、斑疹及伤寒，还有水痘。当时凡是得了水痘的人，就以为身患绝症，而水痘疫苗就是传教士带来的。你撸起袖子看看，胳膊上可能就留有种痘的小花印迹；科学的认知传教，科学在近代又叫格致学。近代洋务运动把传教士带来的东西叫奇技淫巧。包括今天我们的时间观念，也是传教士所启蒙。古代的我们只知道闻鸡起舞，直到传教士带来了钟表，我们才有了准确的时间概念；破除封建迷信，启发民智的传教，中国第一份报纸《察世俗每月统计传》、发行量最大的《申报》、中国第一所现代意义上的大学圣约翰大学，都是传教士们的功劳。

所以，包容每一个领域或行业的发展，是繁荣昌盛的基础。任何一个领域都不是孤立的，都是互相联系的，既可互相促进又可互相牵制。独木不成林，一花不是春。

在这人间天堂里，既有着浓郁的海腥的味道，有着淡淡的山花的甘甜，也有着茶香的迷人，更有着憨厚的包容文化。

∥ 春的丰韵 ∥

春天的到来，世界都变得绚丽多彩，如诗若梦。

地面上的草儿绿了，像一张地毯平铺在大地上，上面镶着红、黄、蓝、紫的图案。

尤其是那花园中，花簇如锦。

昨日还是小小的骨朵儿，忽然今日就开得如此的烂漫。

昨日还是刚刚羞涩地抿着嘴微笑，今日的清晨则哈哈大笑起来，奔放得让人惊愕。

昨日只是满枝头的花朵，今朝则长出绿叶来，把花儿装扮。

昨日只是满枝头的嫩绿，今朝则又开出满枝的花，在枝叶间半露半掩，羞涩可人。

昨日开得那么纷纷扬扬，经一夜风雨，今朝又落英满地，绿色的地毯上又锦上添花。正如诗中所云："小楼一夜听春雨，深巷明朝卖杏花"。同轨一辙。

春天的美是写不透的，只有现实才能表达其美轮美奂。

那满树金色的玉兰花，像金色的鸽鸟飞满树枝。风中的玉兰花瓣像鸽鸟抖动的翅膀，正奏着春天的名曲。

那满树的海棠花，花瓣上抹着胭脂，沉鱼落雁的美色，正唱着春的赞歌。

像绣球一般，那满树的樱花，随着风儿荡漾在树枝上，仿佛正跳着春天的舞步。

那一串红，名字叫紫薇花。花开把枝条裹着，像给枝条穿上了新衣，正扮着春天的新娘。

名字叫美国海棠，那满枝的叶子、花儿和果实都是红色的，连树枝都是红色的，正做着春天的梦。

还有那丁香花，如此形象，花小香浓，像一个个小小的音符飘荡枝头，纷纷扬扬，如蜜蜂来访。

花儿如痴如醉地开放着，散发着香气。人们如痴如醉地欣赏着，陶然已忘机。

春天给人的不仅是美色，也是希望。

走进春天吧，春天是花的海洋，是美的世界，博大精深。

春天值得赞美，值得歌颂。春天是荣华的季节，是奔放的岁月。

话说"瓜熟蒂落"

"瓜熟蒂落"的词义说的不无道理。但是有多少瓜会等到蒂落之时？许多的瓜儿在还没有完全成熟时，已被外力所摘取了。

当果树结出果子后，人们总是早早地就摘取并藏之，以便慢慢地享用。当然，人们自己种的果实并无可厚非，因在其生长过程中要为之施肥、用药、浇水，付出了自己的一些汗水。就是那些在野外、山川之中开出的花，结出的果子，也会有人去采摘，并不会留给树枝或虫鸟的，也等不到"瓜熟蒂落"的那一天。

偶尔被人们遗漏的几个果子，挑在枝头上，或红色的、或黄色的，也没有了叶子的掩护，这时鸟儿便来啄它的肉，这就是果实的命运。

即使没有鸟儿来啄，也会被哪一天的风雨摇落。如果说这就是"瓜熟蒂落"的话未免有些勉强。

但这也便是现实，现实终归是现实，它不是温室更不是天堂，现实总是复杂的，有雨有雪也有风，有狼有虎也有豹，有虫有鱼也有鸟，并是一个链条，链条者相互咬合，互相牵引，哪有什么"瓜熟蒂落"之说？有一个词叫"螳螂捕蝉，黄雀在后"，就有生物的链条之意。

"瓜熟蒂落"是一种理想的境界吗？

人也在这生物链条之中。每一个人生阶段都不是"瓜熟蒂落"的，皆带有些生涩就结束了。从一开始一个生命的产生就是被动的，会有力量让你出生、上学、结婚、生子、工作、生病，最后去世。人也像瓜果一样很少有"瓜熟蒂落"者，反而常常会有"噩耗"二字相闻，都带有苦涩，苦得令人流泪。正如风雨一夜，瓜果落地，此风雨之力。

许多人说：人的正常生命是一百四十岁，而无一人可以企及。王健，在法国公务考察时意外跌落导致重伤而死亡，享年五十七岁。解直锟，因心脏病突发而死亡，享年六十一岁。还有一些在大火中，在大水中，在爆炸中，在矿难中，在交通事故中，死去的带有青色的不知名的生命，都距离"瓜熟蒂落"有相当的距离。

"瓜熟蒂落"，其实就是自由、自在、自然，并除万有引力之外没有其他外力作用的一种状态。

"瓜熟蒂落"也是一种境界。在佛界有高僧圆寂之说，就是修炼到达了一种境界。看来人类要达到这种境界，还有许多的路要走，还需做出许多的努力。任何事情都不是垂手可得的，都需要为之奋斗。

人类是否一直在追求"瓜熟蒂落"的境界？

但现实的反思却也怀疑"瓜熟蒂落"的思想是否也"瓜熟蒂落"了。难道不是外力的反弹吗？

有否定的意识总是好的，否定之否定便是走向肯定之路。

那么如何去做，才是走向"瓜熟蒂落"的必由之路呢？

很多的人在回答这一问题时，也许要进行一番思考，即使冥思苦想也不一定会有满意的答案。

其实很简单，要想"瓜熟蒂落"，就必须"妥善解决好各自关切的核心问题"，避免一切的坚硬和酸涩。

话 秋

"秋天来了吗？"我正在和朋友说起秋来，朋友便顺口问道。

我说："早些日子就立秋了。"

朋友又问："早就立秋了，那我为什么没有感到一点秋意呢？"

我说："你对秋并不敏感啊！"

朋友不服地说："秋，我还是很喜欢的，秋对我来说就是那点凉意，那点颜色，什么立秋不立的，这已完全没有了意义。"

我说："你说的仿佛有些道理，现在天气变暖，季节这些节气还准吗？是不是也应该进行调整呢？那么这一些节气是谁总结出来的？又是谁发布出来的呢？那又该怎样去修改完善做到与时俱进呢？"

我又说："是的，任何事情都不是一成不变的。日本的富士山长白头，欧洲的阿尔卑斯山山顶上有个冰雪的世界，西藏的雪山曾是登山人的梦想，可现在却都渐渐地融化了。冰冷的世界有了热情，季节也不是原来的季节了，这都与人类的活动有关。"

朋友说："我是很有秋的意识的。我热爱秋天。我爱那秋气的高远。我爱那秋雨的淅沥。我爱那秋实的金黄。我也爱那秋雁的高飞。仿佛这些才是秋天的标志。"

朋友又说："你说的是对的，我们喜欢的是秋的景象，而种地的人则注意秋的节气。在一些诗人那里，秋天就是那一声蝉的哽咽，就是那一片飞落的树叶。而对于农民则是那一垛垛的玉米，那一堆一堆的地瓜，那一车车的花生和大豆。"

我附和着："对于诗人，秋天就是那朗朗上口的平平仄仄的诗篇，而对于农民则是那一锅锅的热气腾腾的香甜；对于诗人秋天就是那'山居秋暝'的闲适，对农民则就是那'田野里收获'的忙碌。"

朋友又接过来说："秋天就是那澄明的天空；秋天就是那清澈的一泓碧水；秋天就是那远处淡淡的黛山；秋天就是那丰韵的霞露；秋天就是那一树红叶的黄栌。"

我说："对的，秋天就是那抹的愁结；秋天就是那'天凉好个秋'；秋天就是'那梧桐更兼细雨，到黄昏，点点滴滴'；秋天就是那一束黄色的菊花；秋天就是那一脸沧桑的成熟；秋天就是那一身深色的服装；秋天就是山上那一股潺潺的清澈的山泉。"

朋友说："是的，秋天太美，太有诗意，太丰满。它不那么虚，不那么轻浮，也不那么沉重。总是轻松地悄然来到你的眼前，让你欣赏那些油画一般的景物和色彩。虽然秋天带来了满满的收获，而恰当的飘逸般的姿态，轻轻地向你走来，给你的是一种喜悦、快乐和轻松。"我说："太精彩了！当秋天走的时候，留下的不仅仅是果实，也没有带走一片叶子，这也是秋天的风格。"

朋友很赞赏："人们可在肃杀的冬天里安然度日，即使是大雪封门，因为有果实芳香地盈室，有果实香甜地充饥。"

我很赞赏，说："留下的那一片片的叶子，给大地铺上了一层厚厚的被子，以便寒冬来临时，保护大地，给草木以温暖。秋天在时给人们已经许多，而可贵之处是走后，留下的才是更令人珍惜的。"

朋友意犹未尽地说："人们把花朵送给了春天，把绿叶送给了夏天，把果实送给了秋天，那么把什么送给冬天呢？"

我回答说："把枝条送给了冬天。"

朋友说："当然，但最实惠的，人们却送给了秋天，其实连着种子也送给了秋天，种子是一切的希望，果实是一切的归宿，这就是秋天的风采。"

火车上，有鼾声相伴

火车是一种传统的经济型的交通工具，速度慢、噪音大，设施简陋。自有了动车以来，就很少乘坐火车了。坐过了动车的人，再回过头来坐火车已经很难享受那种环境和噪音了。如今，与其说火车是交通工具，不如说是人们体验历史文化的工具。

有一次，由于时间关系，只好乘火车出行了。晚上，躺在车厢里，一边睡觉一边赶路，睁开眼睛时，目的地就到了。这也不失为一种愉快的旅途。

上车后发现，车厢里四个人的位置还空了一位。心想：不错，还有空间，不是那么满当当的让人感到压抑。躺在床上还比较惬意，闭目养神间似睡非睡，突然听到一声非常刺耳的声音，硬把我从蒙眬中拉出来。这声音在这小小的空间里，主宰了一切，甚至压过了钢铁撞击的噪音，蒙眬不仅使你难以入眠，而且让你感到一种烦闷。

冬天已把雪花送来，冰冷的环境使你一刻也不能忍受这火车和鼾声叠加的噪音，这种鼾声和着火车的轰鸣，是天地间最为难听的。我为同一车厢里的人的不幸而悲哀，要一夜忍受这丑陋的噪音，同时伴随着一些不愉快的情绪。每当有片刻的平静，还担心鼾声又突然响起。不等你这个担心完整地结束，鼾声真的又来了，仿佛有节奏似的，不绝于耳。

我无奈，第一次起身调转了枕头，但这无济于事，鼾声仿佛带钩似的钩人魂魄。我不得不第二次起身，向着他亮了亮拳头，但丝毫没有影响他打鼾的投入，状态依然四肢向天，如雷的鼾声和火车运行时所产生的噪声合奏着，此起彼伏，互不示弱。

我实在不能忍受，只好报警了。打开车厢，向乘警报告，乘警对此也无能为力，打鼾是不违法的。行警探头听了听也觉得水深火热，便说："等一下，看看是否有空位，换一个铺吧"，虽然已是午夜后两点，但到早上六点下车还有四个小时，也可美美地睡上一觉。

我忍受着折磨，等候着乘警的到来。很幸运，乘警一定是一位善良的人，一会功夫就来了，说："这里有个空铺，你看是否调换？"他利用钥匙打开门，我向里一看，两条汉子，直条条地竖横在下铺上，也是五大三粗，乘警说："看样子也是打呼噜的人，不是善者。"但我决计要换。

躺下后，却发觉二人确实是打鼾人。不是一人，而是二人合奏，不过与先前那位独奏者，则有小巫见大巫之别，刺激性不那么强烈。这使我有些窃喜，不过这鼾声依然使我难以入眠。

乘坐火车，噪音是免不了的。火车要前进，人要尽快到达目的地，就不得不适应这种噪音，这就是前进的主旋律。而这鼾声却夺了头风，有点雪上加霜。鼾声是人的天性，也不能锁了他们的喉咙。何况鼾声是没有故意的恶意的。这噪音虽有点伤神，但却不令人伤心。这噪音的扰乱，隔绝了世间的悲苦声，什么疫情，铁链女。我宁愿这火车的噪音和鼾声合伙袭来，也不愿意听到世间那些悲苦声，还有那些刺耳的喇叭的叫声。

终点站到了，我提前准备好了下车。坐在下铺，与客人搭讪。其中一个打鼾人说："你什么时候上车的？"我说："早上来了，从另一车厢转过来的，那车厢里有人打呼噜。"他笑笑说："上次我出行，也遇到过这么一个人，鼾声如雷，简直会使你死去。"我也笑了。遇到非凡者，凡者也就被忽视了。

青春的岁月像条河

大学时期那是青春岁月的黄金阶段。不是吗？

年少气盛，一切美好。爱情的浪漫，读书的时光，操场上的汗水，还有那些小小的伤痛，皆已成为美谈。

当年的同学，现在已是年过半百。快乐的时光已淡去，而那些在当时所谓的不愉快的小事，却仍记忆犹新。

那位同学，本来稀少的头发，现在已经掉得全光了。他在教室的小黑板上写过一首仿古人的诗，大意是：眉梢眼角都是恨，而今凝成笔墨痕。笔墨痕……

上课之前，同学们都坐在了教室里准备上课了。突然有一位同学站到了讲台上，向同学们分析这几句话的含义，说这是对着他的，是对他的恨和不满。但当时，同学们并没有很强的反应，而只是笑着、严肃着、自由着，各有各的情绪，互相交头接耳。

上课铃响了，英语老师来了，这位自作多情的同学也感无趣，尴尬地走下讲台。但是上课老师却不上讲台。因为老师看到黑板上写着的字没有擦拭干净，故也就站在讲台下不上去。这时值班小组长看出了问题，急忙上台擦去那几行字，然后英语老师走上了讲台，用英语说：每一位同学好！一瞬间抹去了刚刚发生的一切，听着英语老师用英文讲他今天所经历的事情。下课后，同学们之间再没有一个去讨论的。但几十年过去了，人们都还埋在心底啊。在那风华正茂的激情岁月里，有许多有趣的、可笑的故事发生。在那一个花园式的校园里，在那美丽的建筑楼的走廊、周边、门廊、教室，在那花丛绿树间，有着那么多青春似火的青年，想一想是多么好的一个环境呢！

爱会发生，恨会产生，爱恨交加独寻愁。看着那些男女学生谈情说爱、相拥、携手、散步、学习，是那样的美好，但因此而引发的恨也是令人恐惧的，爱转为恨后也会不择手段的。

有一位男生与前恋人相约时，却被前女友安排好的打手，用标枪把脚骨穿透。男生逃跑时血迹的脚印留在了水泥的地面上。事情是发生在晚上，暗夜掩饰着一切，仿佛并没有发生什么。但晨晓的到来，光的照亮却使血迹的脚印显著地凝固在水泥路上。人们议论着、追逐着、分析着、猜疑着，事情、姓名、结果、起因就很快不胫而走，沸沸扬扬地在这个美丽的校园里传开了。

"爱和恨，全由你操纵"。这是一首歌里的歌词，在校园里每一个角落都会听到有人在哼哼，在低唱、在高歌。这些来自五湖四海的青年学生，素不相识，无怨无恨，但是因为相处而产生了思想情仇。在这些男女同学中，因爱而恨。但那种爱是一种不正确的爱、不纯洁的爱，或者说是并不懂得的爱，而使爱走向歧途。这歧途就是恨，故而产生了那些不快乐的事情。现在转过头来看，觉着可笑，而当时则是天塌了下来，一切都崩溃了，万念俱焚啊！当然这也就是不成熟。不仅如此，还有社会、风俗、历史、思想、观念的因素。十年二十年三十年都灰飞烟灭，互相间也谈笑风生、若无其事。

岁月把一切都改变了颜色，一切都变得美好起来，都成了可以回忆的难忘的时光。

丘林中的妙趣哲学

清晨闻喜鹊啼鸣，唯不见喜鹊身影。闻声寻踪，方知藏于松林中。金色的阳光筛落石级之上，斑斑点点如斯温馨。脚步声惊扰喜鹊乱飞。转身望景象迷人。"海为龙世界，天为鹤家乡。"而树林则是鸟雀的天堂。

一片松林在一座山丘上，喜鹊那"燕谈欢然"般的叽叽喳喳的声音就来自这里。

我不禁拾级而上，喜鹊更加地噪鸣，并于我前后左右鸣叫不止。或许是欢迎我的介入，或许是在驱逐我的离开，或许是我的多情。不管怎样，我只管继续前行，任喜鹊们恣意所为。

正沿台阶上行，突然石阶拐了一个弯。有几只灰喜鹊在台阶上啄嬉落下来的松球。听到我的脚步声，便抬起头来张望，看样子并没有想给我让路，却仿佛在向我示意或许是示威，让我离开。我便停止脚步，转头向山下来。

转身之时，从树林间望见了辽阔的大海，忽想起李白《梦游天姥吟留别》里的句子："半壁见海日，空中闻天鸡"。虽放弃继续登高前行，但却见到了这广阔的一幕，并尊重了灰喜鹊，没有去打扰它们的闲适。事情往往就是这样的，退一步海阔天空。在一些事情上如果学会了尊重，学会了理解，学会了放弃，就会有更大的或意想不到的收获。不能一味地追求或苛求一些事情，那样会使你只知其一不知其二。"回头是岸"是古训，"不要一头撞南墙"也是古训，如果采取换位思考的方式，就会使你左右逢源。

当你向上的时候，你会一味地追求高点，目标的积聚，也会阻碍你的视野，使你只能看到落在路上的松子。当回过头来，向后退一步，自然眼界开阔，一定还会看到路旁的草色和树林里的野趣。正巧，突然出现了许多的灰喜鹊在石级旁边的野草丛里嬉闹。它们有两只脚，但却从不前后地走，总是蹦蹦跳跳地向前。这种行为方式把灰喜鹊的快乐、无忧的天性表现得淋漓尽致。灰喜鹊从不想击空翱翔，只想与麻雀为伍。其与人为善，从不危害人类。人类也以其为吉祥之物，故称其为"灰喜鹊"。其在大地上"脚踏实地"，在树枝上"高枝而鸣"。

其没有雄鹰搏击风雨的艰辛，也没有老鼠过街时被喊打的危机。每每见到它们的时刻，总是感觉它们那么悠然自得。你看那老鼠总是贼头贼脑地怕人，总是匆匆而过，但人类也变得包容了，也不很与老鼠们计较，也把它们当作了朋友，看到老鼠的样子，总感好笑，并故意地大喊，老鼠也便更加惊慌失措。这是人类的幽默，老鼠大可不必慌张。

说曹操曹操到，前方的草窝里，有一只老鼠明亮的眼睛正望着我，我并未理会它，但它却一副机警的样子，时刻准备逃跑。有趣，有趣，活生生的就在眼前。只顾着看老鼠了，一不小心我的脚踢到了一颗松球，奇怪，松球直击老鼠而去。它也惊人地快，倏地就不见了。我内心感到抱歉，无意中打扰了它。

由此推想，人类受到的一切伤害和自然之灾都是无意中发生的，并没有什么神仙或妖魔或鬼怪而为。再以此类推，我们也不要像灰喜鹊那样悠闲，要向老鼠学习，时刻警惕着，避免受到伤害。也要处处谨慎，避免伤害无辜。当然喜鹊有许多值得我们学习的地方。它总是在清风明月中，与大自然的优良因素为伴，阳光、树林、山水、清空，并把窝巢筑在高处，永攀高枝，洁身自好，故喜鹊的羽毛是美丽的、洁净的、轻盈的。老鼠却有许多的缺点，整日躲在黑暗的洞穴里，虽然没有风雨的袭击，但也没有阳光、明月与清风，总是窝里吃窝里拉的，病疫也会染身，谓之曰"鼠疫"。

　　人类讲风水，讲日月交替，讲阴阳结合，讲哲学，讲道德，故属于智者一类。

驴叫

　　驴很有特点，故关于驴的传说也很多。驴能赶路有耐力，也从来不生病，它是马与骡的杂种。

　　有人赞之曰："踏尽人间不平路，不向人间诉不平"，这是驴子的精神？

　　但驴子却常常扯着嗓子叫，那叫声也特别有格调。只要它一叫，便知道那就是驴在叫喊。驴的叫声听起来不像是兴奋，而总像是发怒或者是为不平而叫喊。有人说这就是驴子不满情绪的表达。它一叫全村子的人都能听到，不管你是在干活或者在午休。不管你在哪个角落，驴叫的声音会像一位不速之客来访。你愿意听也得听，不愿意听也得听。有一位作家说："驴子的叫声是红色的"，我想也许是因为红色代表热烈。驴子的叫声确实是热烈的。也许是因为红色代表急躁、代表怒火。驴子的叫喊是否就是发怒呢？事实证明是这样的。没有人们说的那么高尚，只顾低头拉车，从不抱怨。如若是这样，那还是驴吗？早已成了君子。

　　细细想来，我确实对驴子不了解。可现在我对驴有了了解。人无完人，何况是一头驴呢？

　　驴的叫声像一道雷电会划破天空，惊动大地，撕心裂肺似的让你难忘。在农村时，时常见到驴子在叫喊。伸着脖子，呲着牙，仰望着天空。此时的驴子仿佛是旁若无人的。

　　驴子既会叫喊又会干活，可谓是有声有色的了，但人们却常常把它当做愚蠢的代表，称之为"蠢驴"。但驴子并不自知。所以人们都说一句名言：

谁叫的响，谁就会统治世界，如果是那样驴子早就成为这个世界的主人了。我也常常怀疑人们的判断和说法，驴子也是有自己统治的领域，虽不能统治世界。对驴子的认识和评判也是要一分为二的。在那个驴的机制内，驴一定是发挥着作用，有其一定的位置。驴也是高傲的，在那位置上时，也会大喊大叫。有时会尥起它的后蹄，颐指气使。

有一个故事，世人皆知：山上的寺院里有一头驴，每天都在磨房里辛苦拉磨，天长日久，驴渐渐厌倦了这种平淡的生活。它每天都在寻思，要是能出去见见外面的世界，不用拉磨，那该有多好啊！不久，机会终于来了，有个僧人带着驴下山去驮一尊佛像，它兴奋不已。来到山下，僧人把东西放在驴背上，然后返回寺院。没想到，路上行人看到驴时，都虔诚地跪在两旁，对它顶礼膜拜。一开始，驴大惑不解，不知道人们为何要对自己叩头跪拜，慌忙躲闪，一路上都是如此。驴不禁飘飘然起来，原来人们如此崇拜自己。当它再看见有人路过时，就会趾高气扬地停在马路中间，心安理得地接受人们的跪拜。回到寺院里，驴认为自己身份高贵，死活也不肯拉磨了。僧人无奈，只好放它下山。

驴刚下山，就远远看见一伙人敲锣打鼓迎面而来，心想，一定是人们前来欢迎自己，于是便大摇大摆地站在马路中间。那是一队迎亲的队伍，却被一头驴拦住了去路。人们愤怒不已，棍棒交加。驴仓皇逃回到寺里，已经奄奄一息。临死前，它愤愤地告诉僧人："原来人心险恶啊，第一次下山时，人们对我顶礼膜拜，可是今天他们竟对我狠下毒手。" 僧人叹息一声："果真是一头蠢驴！那天，人们跪拜的，是你背上驮的佛像啊。"

因此，人们戏说："没了位子你是谁？"

那些戏台上，马戏团的人也常常把驴子赶上舞台，有些驴子是低调的，但也有些驴子却知道自己上了台，于是便叫喊不停，使台下看马戏的人们尽情地欣赏自己叫喊的艺术。重复着，高高低低的、停停顿顿的、拉长的、短促的叫喊，虽不引人入胜，但人们却都在看热闹，等着看这个蠢驴还有什么招数。

在词典中，还有一个词语叫"黔驴技穷"。大意是：黔无驴，有好事者船载以入。至则无可用，放之山下。虎见之，庞然大物也，以为神，蔽林间窥之。稍出近之，慭慭然，莫相知。他日，驴一鸣，虎大骇，远遁；以为且噬己也，甚恐。然往来视之，觉无异能者；益习其声，又近出前后，终不敢搏。稍近，益狎，荡倚冲冒。驴不胜怒，蹄之。虎因喜，计之曰："技止此耳！"因跳踉大㘎，断其喉，尽其肉，乃去。

一开始叫声会把老虎吓跑，后老虎习惯驴的叫声，便逐步接近，当近到身边时，驴便尥起它的后蹄以驱赶老虎，开始时老虎觉得驴子很厉害，不可接近。于是跑远了以观之，再接近，驴子仍然尥起后蹄以吓老虎。老虎见驴子无它，扑上去扼其喉。这也是驴子的故事，驴子也就这几点招数了。

通过这些现象和故事，说明了驴子的叫喊是无能的表现，在农村人中有一个俗语："咬人的狗不露齿"，"能叫的狗不咬人"，都说明"叫"是一种"无能"。

驴子的叫声，虽然是蠢驴无能的表现，但驴子却常常叫喊。虽然人们并不愿意听那刺耳的叫喊声，但愚蠢的驴子仍然不停地叫喊，而且这种叫喊总是一个调，总是不满，总是不满，怒而怼天，怒而怼地。但是面对着大老虎，不叫喊几声、不尥几次后蹄，又怎么显示自己的本领？

可怜的驴子啊！当你推完了磨的时候，会被杀掉的。"卸磨杀驴吃"这是定式。

为什么不说"推完磨杀马吃呢"？原因很简单：因为驴是蠢驴，叫喊声扰人。

被摇醒的梦

　　那一天晚上，夜幕刚刚降临，我冥冥中感觉大水要来，可能淹没这一片村庄。村庄坐落在一个山谷之中，但村子里的人们对大水将至并不知情。

　　我那也是一种感觉，也并不确切。但不管如何，我还是从山下的村子里跑到了山上。在山路的上边有几间房舍，古香古色，如同古代留下来的，已被后人改为经营场所，是可以吃饭，可以用茶的地方。我就跑到这里，以避洪水之灾。

　　刚要坐下，便听到潮声如雷，大水真的来临了。许多房子倒塌，牲畜四逃，一时山谷间的村子乱作一团，不多时，村子就变成一片汪洋。

　　但情景却并不是那样令人悲伤，也不那么令人恐惧，反而有点戏剧性。仿佛在看《诺亚方舟》似的。《诺亚方舟》的故事不管是真实的，还是作者杜撰出来的，它毕竟是一部具有宗教色彩的文学作品，那是上帝的屠杀，但却道是天经地义，民众反倒成为邪恶。

　　在这满目的风光之中，坐落着的几间房舍，还显得挺有味道，且与周边风景十分和谐。有少数逃亡者也来到山上，看上去也若无其事，还有心情问及房价。房主说：七百万一幢。大家听后，唏嘘着，然后低下头，只管坐着喝着一杯白水。但夜是黑暗的，水又无情地摧毁了一切，小房子里只能燃起了蜡烛照明，同时，也为那些在洪水中遇难者们送去光明。

　　这蜡烛的光在黑暗中跳跃着，明暗交错。当蜡烛瞬间明亮时，会感到一种温馨，照亮整个屋子，看到一线希望。当蜡烛瞬间暗淡时，那角落里仿佛都挤满了满身穿着湿漉漉的衣服的人们。为了房子更亮些，要求多燃几支蜡烛，于是更多的烛光在屋里跳跃。忽然一盏烛灯落于地面，烛灯落得很慢很慢，烛光也慢慢地拉长，向四周射去，像是得了魔法似的，慢了又慢，像是要滞于落程，但终于落地。这时才发现地面像一块薄薄的冰，被烛光照得透亮。冰的下面是无穷的水，与山谷中浸漫而来的大水连成一片汪洋。烛光的通明，使屋子里的人们如履薄冰，不免感觉有了一种危机。

渐渐地烛光浸透到了山谷的大水中，如一片烛光的海。忽然烛光上升入天空，在空中升腾着。我眼前浮现出天堂。最终，烛光变为了满天的星星，星光照亮了整个山谷。此时，看得分明，那些在洪水中罹难的人们都已复活，纷纷向山头奔去，那是天堂的方向。

几个逃离的人们却真正面临着汪洋一片，但眼前并没有"诺亚方舟"，方才还风平浪静，忽地巨浪排空而来，眼看就要葬身于汹涌的波涛里，正感无助，方有恐惧。

"没有责任的逃离，留着就是为了背负人世间的苦难，这是一种惩罚"，这声音响彻天空，并在天空中回荡。绝望不堪之时，却被从梦中摇醒。

登山记

沿着一条曲折的小路上山，一路妙趣横生，使得我始终保持着盎然的兴致。纷繁喧嚣的城市和争论不休的红尘已被远远地抛在了身心之外。

山中空旷处有一片树林，青色翠绿，仿佛被梳理过似的。行走其间，神清气爽。上山的路旁是一条曲折的小溪，溪中无水，布满乱石，中有杂草丛生。有一段山路是沿河边逆流而上的，但为了攀上一座高峰，就在这片树林中，不得不与小溪分道扬镳了。

我沿一条若有若无的山路攀登而上，爬上了第一个山峰，远眺，望到了远处一座座的山峰如黛，一层层地叠在一起，像一座古城堡。我就想探个究竟，就像童年时的好奇：总想知道山里是否藏着神仙？现在是不相信有什么神仙了，那都是编造的谎言，不过苍天的鬼斧神工所造化的奇峰异石，幽谷白水，苍松秀竹，还是充满诱惑力的，可以览之以为快。于是继续向前峰行进，先左转经一段山脊，两边全是侵漫而来的绿色的松枝，再一个转弯，向右别去，忽然发现路就在这里完全地迷失了。但我仍然执着于前行，披荆斩棘趟出一条路来。

当到达"古城堡"之下，仰望城堡峰顶的时候，还真有些险要，令人望而生畏，但我并没有退却，自寻路径，几经周折，终于还是登上了顶峰。苍色茫茫，万物峥嵘，有一种博大和宁静。

此时，那些《雪贝财经》《财源天下》《秦朔朋圈》里的关于联想的争论都被这群山所屏蔽。柳传志、倪光南，孰是孰非？燕梳楼、周闪闪、秦朔，谁对谁错？这些人物喧哗的声音，充斥着一些角落，搅得社会心烦意乱。但在这片人迹罕至的自然世界里，却没有了这些杂音，可静听松风。我想人类的是与非是否可以统统交给法律去评判？给法律以充分的权利。请所谓的人物们闭上嘴巴、睁开眼睛、洗耳恭听：法律是怎样说的。

虽然太阳当头，但站在这高峰上向下一望，仍是山岚朦胧。一抬头，却见又一座山峰在上。但已无路可攀，恨不能插翅，也只好就此止步。

脚下的山峰上、石缝间，长着一些野果子树，若一偌大的盆景，缀满累累的红得可人的果实。

登高望远的确是一种境界。我欣喜于眼前的一切美的景致，堪称天地之大观。

人间四月绚丽如梦

"人间最美四月天"。这是林徽因诗中的话。

这一句诗朴素无华，但却把四月这纷繁的花的世界的美给概括了出来。

这一句诗不尽是自然的美，更是人们精神的昂扬和思想的活跃的美。人们纷纷走向户外，穿着多彩的衣裳，像一只只粉蝶，融入了大自然。

花香充满了这个季节，也从窗子侵入户内，整个世界的美相拥着、相映着，荡漾在每一个角落，飘逸在每一片空间。

一朵朵的像白玉做成的花儿，如一只鸟儿立于枝头；一串串的像用彩色涂成的花儿，如一群蜜蜂绕在枝头；一枝枝的像锦缎做成的花儿，如一个个绣球荡漾在枝头。如果你有闲情亲临目睹这四月天的风采，那也是四月天中最美的事情。

微风吹拂，花枝招展，香满天宇。花和叶的海洋，如梦幻一般的绚丽。人生曾有多少梦像这眼前一样的光景？有多少梦在绿叶间生出了美丽的花朵？绿叶托着，花儿衬着，花叶同荣，纷繁相呈，这是多么美好的人生！

人生有多少梦就有多少青春，青春的时光就像这花儿一样绚烂。这些梦会插上翅膀，飞向那硕果累累的秋天。人生的梦有些也像这花儿一样会败落，或化作春泥，或化作漫天的彩虹。

但无论如何，有梦总是浪漫和美好的。不必问：眼前这眼花缭乱的世界，会结出多少果实？

人类的车轮

人类的车轮快速向前碾着。我坐在车上，斜倚在后背上，再在身后垫上一个软软的靠垫，眯着眼睛，视线透过车窗的玻璃，正读着车窗外路边的景物。

却发现树木无精打采地立在路的两边，还没有到达冬天，连秋天的深处也未到，那仅是中秋的时节，这些树便未老先衰了。在这季节里，叶子本应该是黄色的，带着水分的，不应该是灰溜溜的干瘪的样子，仿佛在怨恨那些过往的车辆，是它们把尘土扬撒在叶子的身上，让叶子喘不过气来。把目光放远抬高，穿越了路两边的树木，但看到的东西也只有高立着的铁的塔架和那些林立着的高楼。再把眼光放远抬高些，看到的只有铁青色的天空。天空啊，你什么时候已变成这么个样子，如此的严肃，连白云也不敢在你的眼前飘飞。

记得读小学的时候，常常读到描写天空的文章，"万里晴空，白云飘飞""气爽秋高，鸟儿高旋"。今天连一只鸟儿也没有看到，更别说那成群结队的大雁了。但有多少人能去眷顾这些呢？

车轮只顾隆隆地向前，仿佛跑得越快越好。车要跑得快是要有好的公路的。现在高速四通八达，那就尽管放开轮子跑吧。你看那高速公路笔直笔直的，没有一点障碍。

由此想到在修高速公路之前，那里是什么呢？是农田，曾长着绿油油的庄稼，也是小动物的乐园；是湖水，曾被风掀起一层层的涟漪，水中有着快乐的鱼儿；是村落，曾有着古老的祖辈们留下的建筑，白墙黛瓦，高墙深院，曾寄托着几代人的乡愁；是文物，曾是历史的遗迹，那里有中华民族文化的积淀；是一片古树林，栖息着濒临灭绝的动物或飞禽。无论是什么，现在都已成了路。修路的人是有大气魄的，高速公路总是永往直前，遇水架桥，逢山开隧，这本并不是英雄，遇水填平，遇山推平，这才有铁血的气概。不论遇到什么通通地铲掉。

许多的文人写过文章，说望江楼的孤独；说把历史建筑拆掉再仿古而建；说几百年的大树在铁锯的吭哧声中倒下；说河流带着现代文明的污染的臭味哽咽。但都无济于事。许多地方的发展像一台推土机一样，快速地向前推毁着一切。推毁了自然，推毁了文化，推毁了人们的记忆。

人类的车轮是永远向前的，永远走在人类的前列。但人们害怕的是人类的车轮的后退。后退会破坏了人类留下的痕迹，也会碾破人类的心。人类的车轮只应走在前面，前面是人类的荒芜的空间，没有人类的足迹。

不能后退，但是人类的车轮也要在应该转弯的地方转弯，不能永往直前。如若前方是万丈悬崖，那么人类就会被毁灭。人类的车轮应该像水一样绕过障碍物，而不去摧毁它。如果水摧毁了一切，那么现在的世界一定是一片汪洋。水也便就此孤独，再也不能前行，永远也激不起浪花，世界上也就剩下了一潭死水罢了。

我仍然眯着眼睛，望向窗外。远处是一片山，光秃秃的，许多处被劈开，狰狞着嘴脸。山顶上也被动过土，黄土像泪一样从山顶流下。伤口处插着一个风力发电的水泥杆，上有几片叶片在慢腾腾地转着，怠工似的，或许是向人类表达不满。风力发电杆说：为我正名吧，那不是我自己喜欢的地方，完全是人类所为，硬生生地把我安插在这不恰当的地方。并有人骂我破坏了环境，驱逐了飞鸟走兽。

　　就人类这些细小的行为，吞噬着人类的文明，人类的车轮倒退了。它不仅碾着了紧跟车轮的人们，也扎疼了已死去的沉眠在地下的先人们，甚至古人。许多的时候，人类的车轮走得太快，还没有辨清方向就走出很远，当发现走错了时，又退了回来，就会酿成大错。

　　人类的车轮慢点走吧，少撒一些尘土，让天空晴朗些，让树木青绿些。高速路转个弯吧，不要太直，这样车速会降下来，会保护好正前方的事物。人们才可以看清路边的景物，去欣赏它们，享受它们。人们才可以读一读那些人文的书籍。如果人类的车轮跑得太快，颠簸得厉害，就无法去欣赏、享受、阅读和借鉴，也往往会犯错误。

人之常情

　　人总是有情感的、有亲情的。无论是朋友或者是亲人，走时送行，回时迎接都是常理，都是人之常情。

　　但对亲人来说，这种事情就变得更加常情，不是平常情而是非常情。

　　我一说到送行迎接，常常会想起朱自清先生写的《背影》，是说朱自清去上学，父亲去车站送行的情景，十分的感人。但我又常联想到其父亲或许其母亲在朱自清临行时密密缝的情景，母亲灯下的身影。我还记得古人那首诗：慈母手中线，游子身上衣，临行密密缝，意恐迟迟归。

　　这种传统的亲情自古以来愈演愈烈，人们生活水平高了，不仅送到车站，可能会一直陪伴送到目的地。

　　现实当中有多少个朱自清父亲似的父亲，考虑得无比周到了，但认为还不够，仍唯恐有失。我也不能置身其外，自己的孩子外出也是如此竭尽所能。

　　人的观点、思想、认识都在不断地变化着。尤其随着岁月的逝去，人们却随之有所新得、有所心悟。俗语云：时间会带走一切，时间也会带来一切。

　　我原本是非常反对惯养青少年的，但岁月的增加，也使我的观念转变了许多，对事物的认识也有了新的变化。起初，看到学校的门口有许多的家长在等候学生们放学、考试，以便给孩子们提供最好、最优的服务，绝不让孩子受一点委屈，让孩子专心致志地去学习、去考试，上学时手拉着手，放学时手拉着手，过马路时手拉着手，孩子的一切活动都在家长的陪同下。每每看到这些现象，总是要评论一番。认为这样下去，我们的下一代如何成为见世面、经风雨的独立坚强的一代，不免有些忧虑，社会上也在议论，评论中国的"小皇帝""小祖宗"，全家人都围绕其转悠。

现在我已经不再责备这一现象了，已完全理解了家长们的良苦。看着我们的城市街道上的铁甲们，轰轰的像流水一样，把街道堵得难以让人们通过，有时虽不是堵得那么厉害，但铁甲们又跑得那么欢，用百米冲刺的速度，也不让人们通过，如果孩子们再横冲直撞，那问题就会来了。许多人会反问，过去我们上学、上街都是自己去的，哪里有管的。我现在也明白了许多。过去除了牛车、马车、自行车等，铁甲车则是很少看见的。那时，人是主流，铁甲是少数，少数服从多数嘛，所以偶有铁甲，而铁甲也会看人行事，人也会站在路旁很奇怪地看着，这是一个什么庞然大物，或是一个什么样的"大官"。故人们也不会担心孩子的安全，即使被牛车、自行车碰一下甚至碰翻了，也不会有大的伤害，爬起来拍打拍打身上的泥土，掉几滴眼泪也就罢了，或是把衣服磨损、撕破，受点皮肉之苦，过几天愈合了，衣服缝一缝也就好了。

哪里像现在的世界，一切都硬邦邦的，铁甲车、水泥地，石条路边、高楼大厦等。只有人是软的，所以家长们的做法不无理由，可以理解，不但理解，而且应该就那么做。

安全问题已成了我们当今社会的一大心病。如果人人都有这种安全意识，对待人和事物，那么社会就会是安全的了。

还有孩子长大了，都考上了大学，像一个个麻雀一样长出了翅膀，飞向远方，但我们仍不放心，仍然要买上机票、火车票，替他们拖上行李箱，直送到目的地，安排好一切，才恋恋不舍地离开。

其实大学阶段是完全可以让孩子们独立行动了，这对他们也是一种锻炼和磨砺。可是现在条件太好了，好的条件让很多人都在享受，而不是磨砺和锻炼了，在物质极大丰富的现实社会中，精神的安慰与追求在人们的生活中占了上风。其实人的精神需求也是现实的社会，而绝不是虚拟的社会，现实和虚拟可能在未来共同发挥作用，但现在却独立存在着，而更多的人是现实的，虚拟仅是现实人的无聊的追求。

　　我既逃避不了现实，也脱离不了虚拟，来往于其间。我虽然批评过一些社会现象，现在却在自己的身上也存在着了。女儿从国外回来，到达国内的第一站，或是北京或是上海等，我必出现在那里，第一时间接到她。虽然不很经常，但从没有懈怠过。到了站点总是紧紧地盯着车身，期盼看到她出现的身影。那种情感也如学生家长在校门口等待是一样的。其实孩子上小学时，自己也是这样的，故有些事情或现象说说可以，真正到了自己这里可能不过也是如此。

　　就说女儿回来度假，走时也是恋恋不舍，每次必定要送到出关的机场，直送到她消失在旅客群中。这还不算，直等到登机的信息来；这还不够，直到飞机起飞；这还不够，直到飞到目的地；这也还不够，直到出了海关坐上车，直到家中这才放下心来。

　　你听了以后是否也跟我当时笑别人一样笑我呢？

　　人嘛，都是站着说话不腰疼。当评价别人时、要求别人时，都没有什么问题，滔滔不绝，洋洋洒洒，不知倦怠，不惜时间。但一旦牵扯到自己时，便会改变立场、转变思维。俗话说得好，不生孩子不知父母恩。这话千真万确。但生了孩子后，也难以理解这句话。因为这句话太经典了。这是对我自己的辩解，是对社会大众的辩解，是对社会的辩解。

　　这么一来，或许人们都站到了我的一边。

人在旅途

时间紧处掐指算，空间疏时品茶闲。

人生何处作羁旅，自东至西笑谈间。

午饭时分飞机到达目的地。下午时分出访，约会在一个地方边品茶边说事，直到晚上改茶换酒直饮到夜色阑珊。

翌日计划去机场飞另一座城市，突然间又有事情需要返回住地。于是便开始掐指，算来算去如何在那个时间节点之前返还。为了在另一座城市 A 多逗留一点时间，同时，又要及时返回，便费了许多心思，最终敲定计划，按期到达 A 城市。

为了充分利用在 A 城市短暂的逗留时间，却也是费了许多脑细胞。

游览是在 A 城的全部行程。虽然是秋天，但夏意依然留恋着 A 城。满城的树木依然粗枝大叶、洋洋洒洒的在我们的周围，逼得我们汗津津的，不免略感闷热。但是，天空中朵朵的白云，一幅油画似的，浓重的色彩厚厚地堆在天上，这又让我感到一种舒怀。

这里大有空间，一片一片的旷野，杂草丛生着，自由自在，茂密无序。我喜欢这些不修边幅的烂漫草木，这便是自然，与自然相处，只感心旷、气爽、神怡。与人文相近则又感心悦、浪漫、叹服，尤其是走在那一条古街上。据说古街是一八几几年德国人建的，现在成为了一个小商品步行街。

在那晚风轻拂下，没有任何的目的性，只是漫着步，谈笑着、欣赏着。记得十几年以前来过一趟，一位朋友淘得了一头雄狮，是越南红木做的，据说是清朝时期的老东西。今又重游并未有任何的兴趣去寻点什么古玩之类，完全的没有，只是为重游而重游。观之，仿佛比先前萧条了许多，商品少了，游人也少了。看来在电商的冲击下，老的商业形态是要被淘汰的，也许只是时间的问题。就好像那些车子，无论多么爱惜，总会有一天要换新的，这是不可抗拒的，历史已经告诉了人们。

但在老的街道上也多了一些新的面目，街边的门头旌旗多了一些越南招牌，但也是门可罗雀，无人问津。古街上大部分的人们只是在这古老的天地里漫步，这里没有奔驰的车辆，喧嚣的机械。

抬眼近景，许多的古建筑都老得发黑了，但为了保持原来的风貌，不得改造，因而也就在那里闲置着。一楼是商铺，二楼是住宅，但据说少有人在二楼上住，可能也不具备条件，望上去感觉楼上好神秘。

时间过得很快，启程的时间又到了。我们从 A 城的相邻的一座城市乘机而返，但路程也要花掉几个小时。先是乘中巴去机场，坐在中巴车上看着两边的风物正合心意。路两边的自然风光和那些在山沟里或丛林中的古村落，使我感到一种快乐，这不免是一种新的方式的观光。有些风景仅是走马观花，但也感到惬意，有些事物本并不需要弄得太清楚太过仔细的，这样便抛弃了辛苦。

起初是有阳光射来，半途中密雨迷蒙，恰又合了我的心思。同伴们的鼾声不时地在轰鸣着，雨天的暗淡和车轮的急促声又使我很安心地眯着眼睛观看这个红尘世界了。此时此刻的景象是如此的传统低调，没有光的炫耀。一切的事物像是着了一点淡墨色，有了一些艺术的味道，但迷蒙的雨已使前途迷茫了一片，灰色蒙蒙。人生总会像这旅途一样，总伴有不如意的事情发生，但也无碍前行，有时也会丰富一个人的经历，使你在前行中冲破一个一个的谜团，重见光明。迷雾中其实也是坦途，坦途也在迷雾中。

忽见一方方一团团的方塘，水面与地面几乎没有落差，像一面面镜子，把环境装扮得十分的明净。

有时如果把如明镜的泓水和黛瓦的房舍及碧绿的灌木和远山的淡影组合起来，确是一幅令人沉醉的美景。

到了机场，匆匆忙忙地登上机，刚坐下，飞机起飞了，很快没入云端。

白云朵朵如山峦，老鹰展翅行其间。

云里雾里看仙山，人间度过已秋天。

景物的美与心情的美

景物的美是随心情的美而美的，虽然景物的美是固然存在的。

人们常说：世上并不缺少美，只是缺少发现美的眼睛。其实，对于美来说，心情比眼睛更重要。

心情不好，不仅发现不了美，而且看到的一切都是那么的丑陋。一切仿佛都被一种无形的力量所扭曲。

刮来的风总是那么任性，那么狂妄，喊着、叫着，总想摧毁世上的一切。像带着刺一样，不分青红皂白地扑向一切事物。

雨也是一样的，到来时总是那么清冷，那么无情，像一头猛兽，狰狞着冲向万物。常常还带着冰雹劈头盖脸地砸向一切。

更有甚者，那些雷电轰轰隆隆地闪耀着，像一把利剑一般，悬在事物的头上，许多事物望而生畏。许多的人们也只是躲在屋子里，关闭所有门窗，足不出户。哪里可以看到美的景物呢？即使被迫出门，也只是匆匆地走自己的路，没有驻足看一看身边美的景物，更不用说问一声"别来无恙"了。有时也会被突如其来的一片云带来的雨水淋透全身，像个落汤鸡一样，还有什么心情去欣赏美呢？一旦遭到风雨雷电的打击，那是怎样的糟糕和沮丧？

这无形的力量来自哪里？又怎样赋予了风雨雷电而不可一世，打击着美丽的事物？这股力量向前奔着，吼着，所向披靡。这股无形的力量已泛滥了，不分彼此，不分左右地袭击着一切，已经像夜幕一样，遮黑了每一个角落。美同样也被掩盖了，尚若有心情的时候也是不能发现的，何况心情不好的时候呢？

其实，事物的存在都有其特点，这特点便是美的。像那些荷花一样，它们从生出水面，便露出美来，就有那爱美的蜻蜓立在上头了。当其完全地舒展开来的时候，如盖的荷叶也高出水面，映衬着那朵美丽的红的或是粉的或许是白的芙蓉花，这时是最美的青春韶华。等到了秋天，残荷之时，有心情的人们从中也可以看出荷韵来，他们会说"留得残荷听雨声"。再到了冬天，荷塘结出了冰，枯荷和莲蓬上挂着雪，也依然是美的。即使被那狂风吹折了，也是值得赞美的景物。只要没有那恶劣的风雨雷电，无论什么阶段，哪个季节，倘若有心情便会发现事物不同的美。

对事物美的欣赏和鉴别本身就是一种艺术，也是一种能力。当环境允许的时候，良好的心情便成为了能力发挥的基础。

愿天公停止那冷的雨，停止那热的风，让那股无形的力量，再也不能借助雷电之威风。这样或许人们审美的心情会慢慢地复苏，会渐渐发现原来美不管我们的心情如何都依然存在着。

空谈者与分析家

那些分析家们有丰富的想象力，总是把现实的东西加以想象的翅膀，以所以然去分析问题。把一个正常的本没有什么意义和内涵的文字或者事实，在分析的过程中予其广泛的内涵，煞有介事地阐明其意，有时则不免牵强附会，使得问题错综复杂。

这些预测，方可以令人接受，因为谁也不知道或无法预测事物或事情未来的发展，或许有几种可能，那么分析家分析出其一种可能性，便无可厚非。关键是有甚者，把一句话的内容无限无端地去揣摩，无中生有，像历史上的"文字狱"一样，只不过形式上不同，效果上却异曲同工。但却有市场，有许多人端着此饭碗，津津有味。

这就形成了一个空谈的社会，就形成了许多空谈者去沽名钓誉，因为说比做来得简单容易，更不费吹灰之力。有人在说，滔滔不绝。有人会帮助分析，分析者也自以为是有独到见解，于是便都有了市场。

做事，那不是一句话，也不是空谈，而是要实干的。实干要克服许多困难去实现目的或目标，有时需要披荆斩棘，还会流汗甚至流血。这是正道，实干兴邦。以问题为导向，在法律的范围内大干才能形成财富。要使那些空谈者没有了市场，这还是任重道远的事情。几千年的文化所形成的习惯，也不是一朝一日便可以改变的。

日前互联网是比较时髦的，许多人谈话都要谈到互联网、互联网＋，而那些分析家也附和着分析未来互联网的应用如何如何，互联网将发挥什么样的作用？如果不发展互联网将会如何？谈话或分析也成了一种时髦，互联网却给空谈带来了方便快捷。

但互联网真正的作用应该用于真正需要的地方。用到制造业，用到信息产业，用到经济或社会发展上，而不是用于空谈或互相聊天上。但互联网却为空谈创造了更大的空间，为分析者创造了更大的便捷，而使空谈之流大行其事。使得分析者在空谈的基础上空谈，在虚无的基础上更虚无了。正如一个人，如果是一个好人则会好人更好，如果是坏人则会助纣为虐，坏上加坏。

互联网发信息、微信、QQ，如果是正能量也无可厚非，如果是传递黄色的、涂炭生灵的，那就是互联网没有用到正道上。那些空谈者和分析者都会用那些现代的时髦的词语，很跟形势，所以表面上看很红火、很先进，但内容却空洞无物，以假象代替了实力，以空谈代替实干，最终会水落石出的。但是一旦发现，剔除那些空谈或者分析，才发现是沸腾的水泡满壶，等水降下温来，才发现是半壶，已远远地落后了。

人们曾批评过"言过其实"，批评过"华而不实"，批评过"坐而论道"，批评过"空谈误事"，但仍大有人在，无限地演绎一些话语、一些事情，云里雾里的，不切实际，不知所云，没有具体的意义。但这种行为却为社会提供了很好的空谈的氛围。一句话有人去咀嚼其味，有人去添油加醋，有人去深化褒扬。故在古代，就曾出现过那些文学家、寓言家、哲学家、预言家。无论在哪一个领域，尤其是在哲学、文学方面，还有那些理论家都在历史的星河里，熠熠闪着光辉，如屈原、孔子、孟子、孙子、墨子，诸子百家，有讲政治的，有讲军事的，有讲学习的，有讲佛道的，有讲农业的，有讲工业的，有评论的，多种文章，而且这些文章都是很优秀的，也是我国文学库中的精髓，可谓是前无古人后无来者。《孙子兵法》那是最早的关于军事战争的理论文章。《劝学》这篇文章，对于学习论述得很透彻。《书谱》是贺知章的书法理论和书法艺术双重成果，非常有价值，是任何书法理论无与伦比的。春秋战国时期，诸子百家，百花齐放，百家争鸣，这个时期的文章创中国有史以来的高峰，其他时期的各类文章都比之而失色。

但中国几千年的文化历史，重文字而轻数字的历史价值倾向，在我国历史上留下了丰硕的灿烂的文字成果，而到了上世纪末期西学东渐，才引入了数学，引入了赛先生和德先生。故在中国历史上，不乏理论，不乏说教，不乏空谈，不乏评论，不乏争论，直至今日我们仍在长篇大论，搞文字战略与战术。一篇稿子，改了又改，字字句句斟酌再三，一个班子搞写作，日复一日，年复一年，有时夜以继日，专门吃这一碗饭者，还忙得不亦乐乎。

说一千道一万，不如实干一点点。古人有云："纸上得来终觉浅，绝知此事要躬行""千里之行始于足下""纸上谈兵"，有许多能说会道的人，一旦有了舞台，便会侃侃而谈，目中无人，口泛白沫。有许多人虽不能说，但一旦有了舞台，也会大讲特讲，仿佛自己一夜成了博士，什么都懂得，一切都是内行，包括那些最先进的东西也在讲之列，仿佛是专家，或是学者，或是内行，或博士。舞台下的人都如同无知之人，一切都在演讲者之下。甚至大言不惭，下面听的人形在神不在，形悦心烦，有的心不在焉，闭目养神，几个小时过后，所留的印象寥寥无几。

更有甚者，在舞台上自圆其说，标榜自己，以娱众人，或哗众取宠。讲学者要有内容，不要空洞说教，内容要实，决不能成为臭婆娘的裹脚布。也不能成为厚皮包子，菜少皮厚，咬不透皮儿，见不到馅。

而那些评论者也要实事求是，绝不能黑白颠倒，圆其说谈，扔其所拒，扩大其辞；不能为那些空谈者们提供扩音器，提供音乐和花边，提供催化剂，提供加速器。要多一些干燥剂，泼一点凉水，更理性地去分析一些话语，去粗取精，去其伪存其真，而避免吹嘘吹捧，要实事求是，一五一十。

▎可笑▎

你没有想到，但也没有失掉。他为了得到，预谋而焦心，然而他失掉了。他失掉了很多，不仅是人格还有健康，还有他攥得很紧的那枚钻戒。

很多的人为了得到某种东西或职位不惜一切。有许多人丢掉了生命。这样的例子是不胜枚举的，而且也并不需要列举。这是人人皆知的事情。

那些推磨式的变化，其本并没有变化，而仅是一种反复循环。但许多的人却认为其是不一样的，非要厚此薄彼。那岂不是朝三暮四，猴子的意识？如果说非要有不同或变化，那就是每时每刻位置的不同，一时在东，一时在西，一时在北，一时在南，弃此非他。

不能相信那些哲学人说的：一个人不能两次通过同一条河流。但在老百姓的眼里那就是一条河，同一条河。年复一年地从村头流过，从小到大生长在这里，那条河依然在那里。如果按照哲学人的说法，我们每一个人都在变化，那么时间不同，我们自己就不是自己了。我们的兄弟姐妹就不是我们的亲人了？

俗话说：江山易改，本性难移。放下屠刀，立地成佛，那只是文字。只要你拿过屠刀，则注定不会成为佛的。但江山易改、本性难移是千古之论。

如果有多个人在推磨，突然停下来，每个人的位置一定是不同的。可能有人在东，有人在西，有人在北，有人在南。俗话说，东为大，北为上。于是乎东者笑西者，北者轻南者。东者觉得自己了不起，但西者说此不公平；北者更感到自己不凡了，但南者并不以为然。现实中，这样的事情不乏其例，可怜那些位北、位东者，自觉不凡，其实他也没有走出磨房的圈子。如果用一头驴拉磨的话，那么人就是那头驴在推着磨转着圈子，不停地走在南边、西边，也在不断地走在北边、东边。无论转到什么位置，是东西还是南北，都是一头驴，而且被人们称为可怜的愚蠢的。那些愚蠢的人也如那蠢驴一样，转圈子推磨还在论什么位置。

古人还有一句话说：五十步笑百步。这还可以说得过去的，毕竟一个是后退五十步，一个是后退一百步。但有甚者都是五十步，却因为位置不同，有人站在东边，有人站在西边，站东边的人笑站在西边的人，确实是很可笑的。

而那些站在东边的人不但笑那些站在西边的，而且自己感到自己的优越，颐指气使，一时不自觉就不可一世，处处盛气凌人，挺腰凸肚十分自负。

为了自己在北边或东边，不遗余力地贿赂那些号令者，要求推磨时，一定要等到自己走在东边或北边时再吹响停止令。"吃了人家的嘴软，拿了人家的手短"，这些号令者也只好等到贿赂者在东边或北边时才吹响停止令。为了让所有的人都知道东边者、北边者，停止的时间要长一些。就在此时，磨房东边的梁塌下，正好打在他的头上，一时一命呜呼；北边的墙塌倒，打断了北边者的腿。南边和西边者挺身而出，加以救援，遗憾的是会被加以救援不力的罪名。当这些推磨的人走出磨房的时候，不再受号令的约束时，那就完全不是一回事了，那些停在北边、东边的人和停在西边、南边的人可能没有什么区别，可能还会位置颠倒。

那些号令者，也就没有了号令的对象，但他除了号令的事情，别无他长，也就因此游手好闲了，偶又与那些在发号令停止时站在北边、东边者一起喝上一壶，但有时也讨不到一杯酒的，如果讨到了那也是很不高尚的。得到了，然而也就失掉了。所以为了不失掉什么，就不要求得到什么。当然，如果要给予那也是可以要，可以不要的。如果要，那便顺势而为、顺其自然。得到了，自己也不要感觉了不起，更不要鄙视不同位置的没有得到的人。大家都要明白：自己在推磨时，一旦停下来，不管在什么位置上，东、西、南、北都是一样的，没有什么区别的，你的左边永远是一盘磨，右边永远是那磨房的四壁。

当你安全地从磨房里走出来，或放弃服役，开始健康快乐的生活时，那才是真正的人生，也是真正的成功，至少你没有累死在磨房里。否则，可笑不可笑？可笑！

‖ 误 入 檀 木 堂 ‖

偶尔的一次机会，误入一个紫檀店。店并不大，大约有三百多平方米大的地方，名字叫檀木堂，展出的尽是紫檀老家具。

用手触摸一下感觉像玉一样沉甸，然后再坐下来享受一番，更感到自在适宜。简陋的房舍由于陈列着这些旧红木作品，显得高洁而典雅。

那两个官椅，中间有一个案几；那有一套分三个人、两个人、一个人的檀木椅，中间摆放一个檀木茶几；那一些长条的、方正的、长方的案几；还有那些书柜和工艺品架，做工精良，可谓匠心独运。

偶有案几上摆放着一件精美的瓷器，堪称金鞍配玉马。

管理这些价值不菲的家具，是一个女服务员。我们并没有过多地注意过她，只是一味地看着这些具有高贵品质的檀木家具。但她却一直默默地跟在我们后面。突然，她开始与我们讲话，给我们讲关于檀木家具的知识。话语一出，妙语连珠、不同凡响。一听，确是一位有点博识的人，遂问及檀木家具的一些历史、文化，说得头头是道。兴至请我们坐下，给我们几人端上一杯茶，茶的颜色与几案十分协调。

她则从国内的大收藏家，到历史传统，滔滔不绝地讲开了，像行云流水。这时，我们已无发问之力，只有洗耳恭听之能。

她谈到一位大收藏家。说他的收藏已经不是只进不出，已成了倒买倒卖的大专业贩子，巧买巧卖的大专业户。连拐带骗，巧取豪夺。用三寸不乱之舌，编故事讲虚话。凭专家之名，贬低物品，以一文取之。然到手之后，口吻一转，物品摇身一变，既古老又美好，并在物品身上编撰了许多的历史名人、文化故事，于是乎物品身价十倍，以十文出手，赚得大笔钱财。于是乎，便沾沾自喜起来，认为自己大有本事，不同凡人，更加变本加厉。躲在一个角落里如魅影一样狂舞，光明没有照到那里去，故也就肆无忌惮、猖狂之极。钻空子、打擦边球，把分布于世界各地，分布于千家万户，分布于山川河流的东西，不惜破坏了山体、河流，破坏了森林、房屋，不惜违背公约、法律、道德，甚至破坏了人类的文明，也要把那些东西搞到自己的手中。

她的解说使我目瞪口呆。我有一些疑虑，但细细想来也觉不无道理。之前也听人们说过：有些人把云南的老房子买过来，然后拆掉。因为老房子里的房梁是云南老花梨木，拆下的一根梁就比一座房子还值钱，但历史文化没有了，文物拆掉了；还有到国外去买房子的，也出此招，并重新盖起一座更大的房子，但失去了原来房子的历史风格和文化特色。是很可惜、很遗憾的，说得严重一点就是一种破坏。倘若毁于战争尚有情可原，可嫁祸于"不可抗力"，而毁于利益和权威是否就是犯罪？

我走出紫檀店，感叹再感叹！

哎！外面的公园再大仿佛与己无关，自家的园子再小也倍加爱惜。这就是一种狭隘的利己主义。哎！行业水太深，不识淹死人。不说不知道，一说吓一跳。

误入往往会惹些烦恼，这次误入的地方不是"白虎节堂"，而是"檀木堂"，正是歪打正着，颇有一些收获。

香港之印象

　　走在香港的大街小巷，如在井底。仰望那一座座相互叠加参差巍峨的大楼，你会感觉到人的渺小，同时也感到那些大货车的渺小，真如平日里孩子们的玩具。

　　各种各样的大楼，带着不同的样式、气质和颜色，一丝不苟地展示给你，你会感觉到应接不暇，也会感到那些大楼顶天立地的震撼。香港可谓是楼的世界，林林总总，相互峥嵘。

　　当你走进那些小巷时，总是人群如织。来自不同地方的人们在商业街道上徜徉，让人感觉到香港的繁荣，尤其是铜锣湾网格式的商业街道，如蜘蛛网一般。走在每一条街道上都感觉到惊人的相似，这相似的灵魂其实还是它的繁荣。走在街上如在迷宫，永远走不出的繁荣，那些熙熙攘攘的人们川流不息。

　　当你沿着那座著名的太平山的山路蜿蜒而上的时候，你就会看到不同角度、不同高度的大楼，感受到不同角度的城市容貌。白天有白天的真纯，晚上有晚上的华丽。外面有外面的简洁，楼里有楼里的奢华。

　　但人文而外也有自然的灵秀和静美。许多人都到香港那些繁荣的地方去购过物，总感吵闹，但一旦走入山间，那野趣、僻静、生态总让人感到一种特有的宁静。期间你会遇到白鹭、会遇到小松鼠，会遇到横穿人行道的小花蛇，有时会吓人一跳。

　　那许许多多的山峰皆可回望香港。看香港周边的每一座岛屿，看那些非常繁忙却看上去又很悠闲的飘在海面上的船只。

从香港迷失的街道中解脱出来，辨清那东西南北，看清那似香烟一样在燃烧的大楼的方向，看清维多利亚湾岸边的曲折进退，那是一件很难的事情。

从山上一直走到低谷的岸边，看风帆漂浮，红船划波，细浪成线，看岸边蜿蜒的路，却又让你感觉不大的香港变得如此之阔远。

香港那才是繁荣与自然，宁静与繁忙，车水马龙与闲庭信步的恰当结合。一边是热火朝天的忙碌，一边是树荫下的休憩，一边是高耸的石峰，一边是蔚蓝的水湾。人们都在这一边到另一边来回地徘徊，不曾有片时的间断。

这里有现代社会的文明，又有自然生态的文明，有蓝天白云的晴朗，也有拔地而起的高楼大厦的倩影。漫步在街道，漫步在购物天堂，漫步在山间，漫步在沙滩上，漫步在浅浪边，都会令人澄怀，尤其那几个碧蓝的、深深浅浅的水湾。那不是一个简单的碧与蓝，澄与清，静与闲，那是香港的人文观与自然观，那是香港人对自然和人文的热爱。香港是用自然的观念去发展着人文。

当你站在太平山顶的时候，便可以俯视这座城市了，仍然是大气、潇洒的气质和风格。在晚上，向下望整座城市变成了一座灯光的海洋，纵横交错的灯光，形成一片立体的灯光之海，且不仅可以看到海平面的广阔，也能看到海剖面的纵深，那远近高低不同的灯影刻画着这座充满活力的城市。各种颜色的灯光，静的动的熠熠闪烁着光芒，光影在水中形成了一幅彩色的现代水粉画。

香港这座不夜城也照亮映红了天空，晚上的白云在楼顶上飘飞，云的背后才是那暗的夜。夜如一幅巨幕一般，掩映着这灯的世界。

最不能忘记的是香港信息的快捷，来自世界各地的信息都在这里集散，无论是政治的、经济的、金融的、商业的、社会的，都是第一时间出现在媒体上，出现在香港的每一个角落。还有许多年轻人在这里奋斗，紧张、刺激、充满挑战的市场使他们的青春别样的红。

不经风雨难见彩虹，不经一番冰雪苦，难得梅花扑鼻香。香港从一个小渔村发展成一座世界的都市，有着她痛苦的经历和记忆，可以一直追溯到清朝。慈禧太后执掌大权时，英国人就要求中国开放口岸，1842 年 8 月中英签订《南京条约》，正式割让香港岛予英国，后又签订《北京条约》，把九龙也割让给英国，直至 1997 年 7 月 1 日才回到祖国的怀抱里，成为一个高度自治的区域。历史毕竟是历史，谁也改变不了。是慈禧的错或是无能？

时代不断地变迁。中国的历史上曾有二十四个朝代，每一个朝代都有鼎盛时期，但最后都衰败灭亡了。中国的版图上曾有一个楚帝国，人们曾为之歌咏，但也有人为之掘墓，那就是秦国。秦王朝的最高统治者称皇帝，统一了中国，统一了度量衡，焚书坑儒，曾被人们颂扬过，但昙花一现，很快就被埋葬了。大唐盛世，那是中华民族的傲娇，许多国家都来大唐王朝拜天子，是中国的附庸国。然而唐朝又被宋朝所灭，大清也曾辉煌过，但晚清被革命党革了命。香港就是在这个历史时代被迫划走的，不仅如此，而且整个国家沦陷破碎，就这样一个腐败无能的清朝政府的灭亡，竟然也有人自愿为之殉国，且都是名人，其中王国维留着长辫子自杀，为清朝的灭亡殉国，这样的人物也抱着腐朽不放，让人费解。

以史为鉴可以知兴替。香港是中国的，也是世界的。守护好我们的家园，维护香港永远的繁荣稳定是中华儿女的责任。

逆光而行的美

逆光的艺术，没有渲染，没有绚丽的色彩，只有那低调的、暗淡的真实。

即使那些带有色彩的东西，在逆光中也变得暗淡无光。

迎面飞来的一群燕，在逆光的镜头里，黑斑点点，一晃便散去了。槐树在逆光中，密密麻麻的枝桠，清清楚楚地透着光亮，黑白二色相映在空中，也不失为巧夺匠心。远山如黛连绵不断，逆光中如画媚般的淡雅圆滑。

逆光而行，世界变得单调，变得柔和，变得真淳。

只有天上的太阳有着不断变化的颜色。朝阳是由红变白的，夕阳是由白变成红，始终点缀着逆光中的一切。

那片白水却在逆光中有了色彩，有了光芒。有时角度恰当，水便像一面镜子，将光直射入你的眼睛。

车辆不断前进，太阳不断地后退着，永远挂在你前方的天空上，"夸父追日"与"杞人忧天"一样的思维。想一想，列车都追不上，一个人怎能追得上太阳。

科学证明地球是围绕太阳转的，无论你跑得多么快，也只是在地球上绕圈子。或许在某一个位置会离太阳近些，但永远是不会摘到太阳的。宇宙的深奥、博大、神奇永远在我们的想象之外。地球和太阳同处于宇宙中，且是在太阳系里，并地球绕着太阳转。

地球万物享受着阳光，光在送来明亮的时候，只照亮了一面，故而产生了阳面和阴面两种情形。也就自然有了山之阳、山之阴，水之阳、水之阴。

当我们逆光而行时，向前看到的都是阴面，没有光彩，但那是光的映衬。这阴阳两面却构成了大自然，构成了这个世界，包括人类社会也都是由阴阳构成的。

当你逆光而行之时，便会发现阴面的真实品格和风采。

人类有时需要逆光而行，人生之旅，如隙中过驹，我们也应该珍惜光阴。

向着光明前进，就一定会发现阴暗的美丽。要欣赏到黑色的美，就让我们向着光明逆光而行吧！

逆光便是追求光明。

追求光明的时候，你就会发现阴暗，不断地否定阴暗，抛掉阴暗，逐步走向光明。

当你背光而行时，看到的一定都是光亮的面孔，已看不到那些阴暗的东西，但你却离光明越来越远。

角落里的天地

清晨来到阳台上，向外张望。窗外的花儿开得很美。花瓣上面的露珠也不想离去。我不禁愉悦，忽然觉得阳台是个好的角落。既可遮阳，又可避风防雨，还可以接近外面的景物。

大可以在阳台上，安放一个茶几，一个人的茶座，打开窗子让阳光照进来，让风拂来，一边品茶，一边畅想。凡是角落都有私密性，是静心气和畅想的好地方。

我想：未来可以遐想，过去可以回忆。且不说遐想，那是对未来的希望和憧憬，只说这回忆，其实很有意义，有值得回忆的过去，是一件快乐的事情。否则，怎么会有那么多人写回忆录呢？

但我不会去写回忆录，而是常常回忆一下过去美好的时光而已。美好的东西永远是埋在心里的，不能昭然于外。人入红尘会玷污了洁白无瑕的美丽！永远珍藏在心间那一些美如烟花的往事。那历史故事中的人物正像我在阳台上一样，享私密，通天然，不偏不倚。

这话说得好，正如：所谓伊人，在水一方。溯洄从之，道阻且长。溯游从之，宛在水中央。这也正和了回忆的特质，恰是这种感觉。

窗外的天空已变得很澄明，这应该会使你有一个透亮的心境。但是，我在想为什么在同一天空下，有的正开着花，有的则已有了落叶？那朵正红的花朵，正是被人们称之为紫薇花的，仿佛从来不会凋谢。但转念一想，不管是落叶或是花朵还有向着天空的枝条都是自然的什物。未来自然还会送来其他的变化。你尽可享受禅意的世界，观赏变化的自然界，大可不必区分出什么好与坏，正与负来，那都统统归于自然。可谓：一切都是那么的美好。

在这一角落的天地，有茶，有心情，有阳光，有清风已足矣。然而，偏偏又有窗外的鸟鸣和绿荫的摇曳，这就使人已不能盈纳。

皆自然之现象也

花儿已经凋谢了，秋雨连绵地下着，天气湿漉漉的，树叶草木显得尤为苍绿。冷清的气息不时地向人们袭来。冬天的脚步也伴着秋的脚步来了。

随后许多的颜色和热情都退却，就连那苍凉的青翠也在逐渐地失去其颜色。

一叶之凋见秋凉，树叶已开始凋落了，草木也开始枯萎，这便是一切生命隐去的开始。

年复一年地重复着，已使人们充分认识到万物对秋冬的憎恶。那些花儿为何那么敏感，闻秋而离去呢？因为它们知道秋来了，紧接着就是冬。它们也知道秋冬不很喜欢花的开放，也不太喜欢万紫千红的多彩。

秋一来，便想扫尽一切颜色，但岂不知花儿落去了，有些叶子却还挂在枝头上，如花一般地红着、黄着、绿着、紫着，去完成花的使命。秋风不能扫去一切的颜色，因而秋便不断地向前推进，秋霜到来了，洒在野草之上，也洒在树叶上，但是野草和树叶却变得更红了，从此，人们发现了英雄。

而有一种树木却一年四季都是一个颜色，从不媚或畏惧于任何一个季节，无论哪个季节的到来，它都是那样正襟危坐的，正气凛然的，即使冬天来了也是如此。但这也有"逆来顺受"的嫌疑。

我倒是赞扬那些该灿烂时灿烂，该凋散时凋散者；那些旗帜鲜明地拥春者，哪怕是绚丽一时也要展现出美丽的容颜。在这深秋里已不见了它们的颜色，但是当春天来临的时候，它们又会笑在枝头，展示其美丽。这有些爱憎分明的傲骨。

听到前面的话，秋于是说："我并不惋惜那些美丽的笑脸的失去，这也正体现出我的威力，我所追求的更是那些实实在在的现实，要的是果实的累累"。秋天又说："豪华落尽见真淳"。而鲜花与草木则说："春天一定会如期而至，我们依然会绚丽多彩"。

各自避时而又各自安在。

在这大千世界上，在这纷繁的人世间，有人赞美花朵、草木和树叶，也有人赞美秋天。当然赞美冬天者，也一定大有人在，虽然是万物凋零的季节。故，作为人，自不必忧虑有人赞美你或痛恨你，那是自然而又正常的事情，就像那季节一样，再恶劣也会有追随者。你看，就是那凛冽的冬天也有雪花的追随和装饰吧？并以飘飞的形式，为冬天而舞蹈。

我虽倾向于春夏以及花朵，但是为了不得罪秋冬还有雪花，我只好说：皆自然现象也。

人类之悲喜，在于其自身者也？

洁白的广玉兰（一）

花似白鹭，振翅欲飞却美色。

笑里又见芳芯悦，黄金蕊绽白玉阙。

仪态娇娇玉襟着，临风枝头坐。

摇曳，摇曳，摇曳。

华衣兜住落蕊角（jue），平添多少欢谑。

观叶碧，四季常绿，一倾清波。

赏高束，只好素洁，不畏凋谢。

叶肥花硕，唐时美又在目前跳跃。

晨起暮归未错过，数数花几朵？

一朵一朵又一朵，恰似白鹭飘落。

这种花就是白玉兰。花开白色，洁白如玉。硕大摇曳，如一只振翅的白鹭。

她并不是"一二一"喊着号子满树全部一齐开放，然后又吹着号子一起凋败，而是没有规律的，不定期的，开放在不同的枝头上。所以你常常会不经意中发现一朵花儿正在枝头上招摇，一眨眼忽然又发现一朵绽放在枝叶间，给人一种欣喜感。

广玉兰花，正如诗人所说：此花只应天上有。我十分地认同，广玉兰花堪称天堂之花。花儿开得烂漫，由于花瓣硕大，所以开放时，各具姿态，仿佛是一尊活佛在笑、在大笑，笑尽天下可笑之人；又像是在绿波之上的一朵莲花，如此的圣洁，"出淤泥而不染，濯清涟而不妖"。由此，我想到了莲座之上的普度众生的菩萨，总是神态平静，纵是胸中万壑。我最喜欢的是菩萨那慈祥的面容，万方仪态的芳姿，以优雅克凶恶，以平静克风浪，以心仪克困苦。而眼前的这朵花大有菩萨的仪态，临风而摇曳，落落而大方，每每见之则心生静气。

花好亦要绿叶扶。她的叶子也是大而肥，一年四季的常青，有青松的风格。那一片大的叶子，釉绿得可人，谁都不相信在寒冷的冬天里也保持着夏日里的风彩和容颜。广玉兰的叶子像一位娃娃一样在风雪中顽皮地戏谑，在这冬天的枯败中以绿装饰着世界，当雪花堆积在枝头上时，又仿佛回到了春夏。那一朵朵雪花俨然是一朵朵广玉兰花，在严寒的时光里给人们以春的气息。

洁白的广玉兰（二）

在楼的前面，隔着一条小路的草地上，种着几棵广玉兰，长得朴素而茂盛。

记不得哪一天，刚走出楼门，忽然发现那几棵广玉兰，开出了白色而硕大的花来，惹人眼目。从此，在我的心目中，她那朴素的品质变得雍容华贵。

广玉兰，花儿恬淡又宁静，无论是刚刚露出尖尖角，还是含苞欲放，再到饱满绽放，最终衰败枯竭，皆不失大家风范，盈缩自如，有超凡脱俗的仙界之风。

我常以莲花喻之，其实，大可不必，其自身自有身份，但莲花的大众化可让人们更好地从感性上认识广玉兰花。广玉兰花与莲花同是高洁之士，但广玉兰对土壤的选择，却使得她不是随处可以栽插，因而便有了一些神秘性，使之少有人知。她四季繁荣，花儿一直会开到秋天，时常在不经意时开放在枝头，这或许就是她的自由，然而常常出人意外，令人为之惊艳。

广玉兰的花朵不是那么的复杂，而是以单片成其美，简洁而富于诗意。中有花蕊，摇落后便被花瓣兜住，堆积在花瓣上，黄金般的颜色，盛在玉器之中。花蕊落去后又形成一个黄金色的宝塔般的花柱。"金声玉振"的美丽，在这里体现得完美尽致，我常常驻足欣赏不已，赞之曰：正是"金玉良缘"的真实而浪漫的写照。

"兰"这个词，从我认识广玉兰开始，就有些惊讶了。兰花总使我想到的是：那些精致花盆中的细细的长叶的兰花，一朵朵的像蜻蜓一样，有的像蝴蝶，小的像蜜蜂，从来就没有想到这么一棵高大的树木，也被称之为"兰"，并开出娇美的花来。

且不说她盛势时的魅力，只说她败落时的风光，也让人赞赏。她至死也从不离开枝头，而是在枝头上萎缩干枯，从来没有像其他的花儿一样把美丽的花瓣散落在草地上。

她总是在高枝上慢慢遁世，那高洁的颜面从不愿意落入红尘，更不愿意让红尘沾染了她洁白的神韵。

那树叶子的碧绿和茂密真如碧波万顷，随风而动，偶有败叶挂在枝头，如绿意同在，当风儿吹来，她便唱着歌飞去，但这并不多见。故我便把这广玉兰命名为长青长荣的神圣之树。

当冬日寒风嗖嗖，她的叶子便自在地相互簇拥着窃窃地私语着，仿佛是相互鼓励着、嬉笑着，等待飞雪的到来。当大雪纷飞时，那硕大的绿叶捧着朵朵雪花，一只只的白鸥又在碧波上浮游了。这人间的神圣的树木与来自天国的圣洁的雪花相遇，总有人转来兴奋的目光，只是不曾有蜜蜂的嗡嗡，这似乎有点遗憾。

世界上的一切对广玉兰而言都是美好的。在那些温暖的日子里，温度适宜便绽放出自己的灿烂和光辉，在那些寒冷的日子中，温度不适之时，便会借自然之力亮出自己的包容和毅力。把雪堆在枝头上，把美依旧展示给冰冷的世界，以温暖人间。

她那朴素的美，总是有其特点，碧绿的叶子一年四季长青，春不哗众，冬不畏寒；娇艳的花儿朴素且淡雅，虽没有火的红，也没有霞的粉，但却有白的洁美。

广玉兰的花儿可谓攀在高枝上，因之我便称之为"高洁"。高洁是那些有翅膀的生命才会攀上；高洁是那些有理想有思想有文化有道德的仁人志士才可以誉之。桃李不言下自成蹊，而不是那些叫喊的驴子可以赢得，也不是那些狂吠的狗仔可以获取的。"高洁"二字，不可分割。无高而洁，总会被尘埃所沾染的。只有高而洁，才是那些尘埃所不及的。无洁而高，便会沦为假大空，不能称之为真正的高，高处是冰心玉壶，是琼楼玉宇，无洁之高与之是大不相称的，终会被驱逐出那象牙塔般的殿宇。

细细琢磨这"高洁"二字大有深意。不过这个庸俗的社会已经把"高洁"拉到了世俗中。

"高洁"本高洁，但却无人信。

"无人信高洁，谁为表予心"。

也只有把高洁送给朴素的广玉兰了，她应是当之无愧的。

江南随笔

　　江南的那些山山水水，自然烂漫，常常使我留恋，但每当相遇时，又匆匆而别。

　　那些美景总是铺天盖地而来，让你应接不暇。峰峦出没，云雾显晦，岚色郁苍，枝干苍劲，溪桥渔浦，洲渚掩映。

　　即使正值深秋，绿色依然占据着每一个角落。奇异的花处处可见，正如江北的春天。有些花开满枝丫，反而树的叶子却落得精光，也许是为了把营养留给盛开的花朵。这花的名字叫紫木风铃。

　　路旁一丛丛的芦苇草，长得很茂盛，高高的挑着一个穗子，在微风中摇曳。仿佛在与你颔首似的。你只要抬高伸出手，便可以做一位检阅官。

　　那些大叶子的芭蕉树也是我最喜欢的，有时孤零零地长在一个角落里，扑扑啦啦的倒是别有一番风情。有的叶子被风儿吹折，却遮挡着那一簇簇的芭蕉果，仿佛怕被人们发现似的，正显出羞美的风格。

　　车驰骋在公路上，山下那些房屋，散落着，形态各异，朝向因势而为，显得如此静谧。虽是走马观花，但在高架的道路上，却看得很分明。那些在山腰间散布着的房子，远远望去白色点点。还有的房子却在云雾缭绕处，如若天堂。那感觉十分的自由、散漫、舒展。

　　再说那些水，深色的调子，显得很浑厚，在山谷间静静地流淌着，如一条能伸能屈的青龙似的，突显着滚圆的身躯。

　　山上的云雾变幻，烟霞升腾，其有"云青青兮欲雨，水淡淡兮生烟"般的仙境。真实的幻境，却有虚幻的真实的感觉。

　　天上的云朵飘飞着，有时云后的光射来，奇观展现在天幕之上，令人叹为观止。

　　遗憾的是江南来得太少，且是过客，因而不能挖掘其内涵美。但是这些自然的美就是其内涵美的本质体现。

心情是属于我的

一

常常爬山，常常经过山下的柴门。看山的人已成了我的朋友。山门旁边有一座小屋，房前有一个水龙头，周边是看山人精心呵护的花园，还有菜畦。天热时，下山总要到水龙头上去洗一把脸，凉得透心。

看到那洒满阴凉，又不乏阳光的小院落，如见故旧，心情自然快乐。我对看山的人说："这里自然悠然。"看山人说："哪里有你的办公室好。"我说："我办公室里满桌子的文件，字都是黑的，纸是白的，唯有文件头是红色的。"

再看远处一片石榴树，花儿正红，如诗写在树上，如画挂在天边，还有许多蜻蜓在乱舞，蜜蜂们哼着舞曲，显得这山麓蓊蓊郁郁的。

二

从山下迈步拾级而上，看周边的环境颇感自然。被切割机刚刚切割的青草，四处洋溢着浓郁的芳香。地上的灰喜鹊不安地走动。枝头上的喜鹊不停地飞来飞去，并发出熟悉的叫声。仿佛埋头于文件堆里的日子是那么狭窄，来到山下方感到天地广阔，方感到云白，方感到风清。又是沿着那条老的石阶拾级而上。猴子来了，很可爱，在树枝上像荡秋千似的，从一棵树跳到了另一棵树。它们那不很悠扬的咕咕声，常常引人注目。它们总是一种偷东西的姿态，"贼头贼脑"的逗人发笑。这些有趣的可爱的人类伙伴仿佛自己从来没有注意似的，其实是司空见惯，习以为常了。但当你注意观察时，才给你带来了办公室里找不到的乐趣。放眼望去青山连绵，起伏分明，仿佛一切都在澄明之中。世界一下子让人真切地感受到透明的厚重。

三

从山上流下来的水形成一条河流，逛荡着流入大海。

河里流着臭水，长着杂草，有许多的垃圾，总之不太雅观。但河底下长出来的杂草中，有许多芦苇和蒲草，有的地方则漫延了整个河底，有点湿地的味道。

沿河边散步，天突然阴起来，又突然下起大大的雨点。这时的色调颇为宜人。虽然被雨淋湿但颇感安适。

田野一片阴霾。忽地又雷电闪烁，雨夹着冰雹噼噼啪啪地打来，但并没有感到很糟糕。路上的水流成河，许多的车都停在路边，不敢行驶。冰雹下得很大，但也无处躲身，只好硬着头皮赶路。

一会风平浪静，大雨歇脚。忽然感到凉风习习，雨前的炎热已荡然无存了。

四

在这座城市里，除却自然的青山，就是满目的高楼。还会有许多的美景。但是车的拥堵却消失了你的热情。心中一片美好，想象着目的地的光景。但坐在车上交通犹如番茄酱一样，车窗外的高楼大厦压抑得你喘不过气来。不记得何时大楼成为所有城市的标志，从楼台上伸出来的各种晾衣的架子总感到不那么美观，虽然楼已经很障眼了。

到哪里去寻一片净土，可有满目的青山绿地、树木、碧水呢？

夜是灯的世界，路是车的天堂。一切都有归宿。只有心情才属于我的，高兴点，不要被打扰了啊。

雪花盛开，飞落何处

我又看到了那洁白的颜色，被洒在了大地、房屋、树枝上，映得天空一片清晖。

雪洒得如此均匀，像是人工的涂抹，虽然不厚，但铺陈得一丝不苟，不露一寸土地。

雪花的漫舞，在这天地间，显得十分的晶莹。如果你发现那朵飘来的雪花，穿行在树枝间，那种轻盈的感觉，欲辩时却已忘言。

雪花的舞台是最广阔的，无处不是。任何事物也阻挡不了雪花舞蹈的脚步。森林是她的舞台，大海是她的舞台，连绵的山岳是她的舞台，大漠和草原也是她的舞台。这是雪花最傲娇的地方。无论在哪里，雪花都会把美丽的舞姿展示得完美之极，从不挑肥拣瘦。无论哪一种环境的舞台，皆任灯光射来，从不妄想独处时的自在和姿态，只追求公众场所的自由和形象。

同时也从不借助外力，但也不拒绝外力的介入。当风来临时，便御风而去。当雨来临时，便又雨雪交加，湿湿地坠落。当风雨同来时，雪也便会成为团队的一员，共同地飞舞。风雨雪的那种凄迷的情形，最具有冬的情调。雪的风格和品质就在于其善于协作；在于其具有昙花的精神，即使一瞬间，也要展现其灿烂的光辉。

雪花从不畏前途，落入水中也在所不辞，也从不哗众取宠，在无人的原野，也一丝不苟地舞蹈着；雪花也从不怕暗夜，常常在黑暗中前行，但依然会那么浪漫地舞蹈，无论环境唯求做好自己。

雪是神秘的也是神圣的。有时薄薄的一层，颇有艺染境深的感觉，若有若无，清清楚楚；有时厚厚的一层，颇有大雪封门的闲情雅趣，冷冷的又暖暖的；有时零星地在飞舞，但也颇有一些诗意，淡淡的、平平的，仄仄的；有时纷繁地在忙碌，迷失了一切，也颇有魅力，如同仙界，令人为之痴迷。

一到冬天，总是企盼雪的影子。雪已成为了人们心灵净化的灵丹妙药。

雪总是带来天堂的纯洁，掩饰着人间的污浊。

登高处，一览海天。
方觉瞬息幻变。
水波沧浪，风云聚散。

转身望，空明深阔。
方知永恒渊博。
泉瀑深谷，山岚峰错。

赏雪花，轻盈飘摇。
方悟潇洒大道。
白花枝头，千年风骚。

约几好友相聚

约几位好友，相聚在其中一位朋友的家中。朋友的房子最好是坐落在一个山的半腰处，其中一间房屋的阳台向山，满目青山。

阳台上放一案几，绕案几放置几个沙发，案几上摆上各种水果和干果。朋友们提前到，围案几而坐，喝喝茶，聊聊天，度度安闲。最好是在太阳西斜的时候，从玻璃窗能够射来一束阳光，祥和温馨，为朋友相聚再添几分闲意。

阳台餐前的小序，必定是交流的良机，是愉悦的时光。可能会有唏嘘、感叹、无奈，但不会掩盖笑声与轻松。

入席后，菜香四溢，气氛融融，斟上美酒，相互劝饮。你一言他一语，一定会争先恐后。谈吃，谈食，谈酒，谈近期经历之事，谈那些有趣的话题。餐厅里要挂一顶吊灯，华丽而辉煌地照着满桌的杯盘，还有那夜光杯。摇动的夜光杯，跳动着美丽的光点，如钻石般的美丽，酒在杯中晶莹剔透。一边喝一边欣赏，一边劝酒一边推让。每人起初可能不想喝，但是不喝不喝又喝了，一杯一杯喝下去，喝着喝着又多了。酒色变脸色，心情变酒兴。直喝到话题少了，酒杯歪了，菜盘一片狼藉方止。

喝茶饮酒把诗编：

纤手弄茶水涟纹，撩来撩去禅意运。

壶中颜色珊瑚魂，人间滋味茶香熏。

酒盅添尾精又美，如今却借将茶饮。

茶道沁茗真为品，杯小茶少润牙龈。

时代变迁颠黑白，喝酒改为大茶杯。

一口一杯已微醉，把酒问盏无人推。

滥觞拥肩把酒挥，表情达意几轮回。

玉馔狼藉夜阑珊，酒场征战意犹酣。

酩酊如仙不知还，步履蹒跚眼上翻。

一眠酣歌到明天，醒来茶凉酒方残。

然后再挥毫落诗篇。最好在那饭桌旁边摆上一张写字台，移步写字台边，放下酒杯，拿起毛笔，铺上纸，研上墨，泼一泼。我最喜欢那一位艺术家寥寥几笔，一朵兰花在山腰间舒展开来，这一泼占去了宣纸的一半以上，只是用墨而未用一点颜料，可谓之墨兰。这位朋友是一位大艺术家，能轻松而为，为之则逼真生动。然后在兰花旁边题上一首咏兰诗："兰花本是山中草，遂向山中稽此花，世人多移入盆盎，不如留取伴烟霞"。醉中得真如。

舞文弄墨，尽显风流。写罢再坐下来，兴之所至又把酒拎盏。然后再移步写字台边，把酒浅饮，随手拈来，一边应友人嘱书，一边饮友人倒来的酒，草书李白的诗："君不见，黄河之水天上来，奔流到海不复回。君不见，高堂明镜悲白发，朝如青丝暮成雪。""人生得意须尽欢，莫使金樽空对月。"

酣畅淋漓，意犹未尽，但夜已阑珊。朋友吟唱着"江汉曾为客，相逢每醉还"，各自散去。

在鸟的世界里

清晨，窗外草地上许多的小鸟儿在那里嬉戏、觅食。

此时的我，就站在窗前，温暖的阳光洒在草地上，也透过窗户洒在我的身上。我沐浴着和煦的阳光，看着鸟儿演出的一幕有些陶醉，但迫于有事要做，故也就放弃了。

晚上归来，窗外仍有鸟的鸣叫，那是麻雀们栖息前在一起的谈笑。我立即有了一个想法，鸟儿在觅食，是否可以撒一些米粒于草地，以供鸟儿们作为食粮。这样是否会有更多的鸟儿来这里？于是从沙发上起身，从窗口把黄色的小米撒下。

第二日清晨，果然有很多的鸟儿飞来觅食。这回再忙的事情也没有把我拉走。我只是静静地站在室内，透过明亮的玻璃窗，观察着鸟儿嬉戏的场面。阳光依然洒在草地上，空气仍然那么清新。

忽地一群飞来，忽地一群飞去。

忽地一个从地上飞到树枝上，树枝在上下地弹跳，鸟儿却显得自如，毫不在意似的，如影随形。有时站立，有时倒立，轻松若飘。鸟儿的啾鸣如歌声，缭绕于空。如把鸟儿登枝称为武艺的话，鸟儿的歌声便为文艺，堪称文武兼备。

忽地又有鸟儿从枝头上回到地面，快乐地啄食，但又仿佛是很警觉的样子，吃一口要抬起头来看三看，如精灵一般的神态，这就是我们常见的鸟儿，名字叫喜鹊。喜鹊本就是一种长得很美丽的鸟儿，虽然尾巴长、肚子大、脑袋小，但是总体上看上去却很匀称。它飞到哪里，落在哪里，哪里就有了艺术的意境，增加了几分美丽和吉祥。

这些稍大一点的鸟很容易引起大家的注目，而那些小鸟麻雀，总是一群一群地出现，一只可能不会被关注，但它们很聪颖，往往会一群群落下又飞起，总能吸引人们的注意力。当人们走路时，不经意把它们惊起的时刻，那也是颇为壮观的。

还有其他一些鸟儿，鸣叫的声音很动听，长得颜色也较鲜艳，有绿的，有红的，都在枝头上跳来跳去，只要你注意到了，就会发现它们表演的美妙。它们冬在雪枝上，春在花叶里，秋在果枝间，想象一下，那是多么的美丽！树的美，枝的美，叶的美，花的美，鸟的美，都在锦上添了花。

如果我们注意了这些一定会享受到那些自然的、不必苛求的美好。这个资源对于一个有心人来说是多么的富有！世界很美，心却寂寞，那是你心灵的荒芜。正如一个心灵美的人，会永远生活在一个美丽的世界里。

先不说那些花园里，莺飞草长，虫鸣鱼跃，且不说那些乐园中动物的身姿、孩子们的笑声，就是你走在路边，看到一只快乐的鸟，听到一声蝉鸣，只要你善于欣赏，那就是天使，那就是天籁。

如果你看到一只白鹭在水面飞翔，看到一只野鸭在水上悠然浮游，看到一只蚂蚱在草地上静卧或在蹦跳，看到一只青蛙虎踞在柳荫之下，那都是一件幸事。

其实这些情形是常在的，或是常存的，只是我们常常忽视了它们。

想一想每当太阳悬在头上，阳光明媚是多么美好，但有谁不会感到正常，有谁会感激太阳的光辉；想一想有一天雷鸣电闪，大雨滂沱，又有谁会感到自然的神秘；想一想夜晚深邃的天空，月亮和星星灿烂明亮，是多么的神圣，但谁不会感到只是天经地义而已。谁会欣赏和思考它们的美妙之所在呢？甚至把门关上，把它们统统的关在门外，在家里打开灯，欣赏自己吊灯的美丽，观看那些胡编乱造像婆娘的裹脚布又长又臭的电视连续剧。

哪里比得上去鸟的世界里，观看一幕鸟雀的嬉逐？

门前草丛唯鸟群，今晨舞姿与君分。

院中闲步

院中的绿色把环境装扮得十分的幽雅。那些小草或盆栽都有一点特色，新生的枝叶由于在南方也显得釉绿可爱。

有几个石凳陈列在院子里，显然没有人坐过，看上去也已好久没有人打理过了，只是一个摆设而已，但装扮环境又好像不可或缺。

树荫下，斑驳的阳光像碎金一般无声地洒落在肩上，而那鸟儿这时飞来了，鸣叫上几声又飞去，也便弥补了这无言的环境。

别墅的墙壁的裂缝里，生长着几棵小树苗，形态甚为可爱。细细的根系，铺在墙上，像故意展示其美丽似的。还有几棵小树长在房顶上，根系从房顶一直延伸下来，直荡到空中。我叹生命的顽强。还有一棵小树就生长在大树的桠杈之中，初始，我认为是老树干发出的新芽，仔细一看，大树与小树的叶片完全不同，并非是一个科类。这才明白，小树是寄生在大树上的，那一定是一只鸟儿衔来的种子落在了大树的桠杈上。

在那些秃垣上，各种植物竞相峥嵘、葳蕤、烂漫，看上去杂草丛生，细看有许多的妙趣。一些在北方盆栽的花木，在这里，却在露天中也生长出特色来，无论是在石缝中，无论是在路崖边，看到它们时，都想捧在手里欣赏。

南方许多花木满山遍野地生长着，而在北方则成为了温室里的座上客。

围着这院子走，也畅想这院子里曾经住过什么样的人？如今有什么样的人住在这里？许多的想象，但并没有答案。外面看到的只有门前停放的小车，门廊中晾晒的衣服，楼上有几扇开着的窗子，就这些信息送给了我，但我也只是畅想，也未想去探个究竟。

欣赏和畅想往往是愉悦的，会欣赏是一种快乐，而畅想是一种自由。其实天地万物无论你是否欣赏，它都存在着，都在展示其自己的美丽。我很欣赏清朝的爱新觉罗·玄烨，也就是康熙皇帝的一首诗《咏幽兰》："婀娜花姿碧叶长，风来难隐谷中香。不因纫取堪为佩，纵使无人亦自芳。"有时我也想，不是不美而是无人赏，不是无人赏而是无人能赏，审美是需要情趣和能力的。

我曾到山中看过山泉，感到那流水之音如琴弦之声，流水之形也如龙蛇。

我曾赞扬过山水飞瀑：

像玉像雪像飞水，诗人将其唤翡翠。

只是世间一角随，欣赏时分成大美。

自然烂漫的田野值得我们赞美，人文设计的园林值得我们赞美，一切都是美丽的，正如这院中的一切。

站起来说话

任何事情的存在，都能找到其理由。任何行为都能找到正义的存在。就是那些野蛮的行径，竟然也被称之为"为正义而为"。这与"欲加之罪，何患无辞"同出一辙。

那些所谓的"理由"，听起来皆是堂而皇之的。确有强词夺理之嫌，但是其实在现实中"强词"就是理，谁敢与之夺呢？

大家都知道吧，法庭里常常审判的人就是原告与被告。这两人当中总有一人是对的吧？然而，任何一方都振振有词，都认为自己是对的，对方是错的，对方的错误导致了这样的后果。孰是孰非？皆没有自知之明。即使是一团漆黑也要把自己说得完美无缺，或找一位律师帮着一起来粉饰。

如果双方不在法庭上而是在社会上，讲述这一切时，那就更无边无际，肆无忌惮了。现代网络发达，社会上已经出现了"公说公有理，婆说婆有理"这样的一种乱象。不仅出现了矛盾双方的各抒己见，也出现了许多的民间判官的评判之说。

相关人或不相关人，只要掺和进来，都认为自己颇有见地。其实在许多方面是破绽百出，或失之偏颇。但有许多人并没有什么自己的见解，仅是一个传声筒或扩音器而已，人云亦云。这也无妨，可怕的是为虎作伥，助纣为虐。

对战争的评价，也像是没有法庭的陈述，犯有一些自由主义。战争打起来以后，许多人为发动者点赞。什么"大帝"，这样的封建冠冕也搬出来乱扣。一听到"大帝"一词，仿佛就看到了卑躬屈膝的"奴才相"。还有什么英雄呀？什么硬汉呀？什么伟大呀？都不顾一切地带着光环送来，像是跪在那里不断地叩着头。那大帝的脸上，溅满的未干的斑斑血迹，也被当作了头彩，去赞美，去喝彩。甚至，被刀砍的伤痕还没有痊愈，就捂着自己的伤疤，笑别人之沉痛。

近日微信上，有许多关于俄乌冲突的信息，有一个叫戴军的人发了一条信息说："如果我们亵渎了爱与和平的尊严，那么我们曾经的苦难，也会变得无足轻重。"我看到了感觉人世间还是有希望的，有清醒者，有正义者的存在。

但也有混沌者，还有一些简直就是无头的苍蝇。我看到有人写了一篇文章是《乌克兰战争与世界秩序重建》，有这样一段话："冷战结束之后，掀起一波'民族重建'的浪潮。史学家安德逊的《想象共同体》名噪一时，很多知识分子幻想着用一些普世的价值观，例如民主、自由、人权，来构建新民族。并且在这个过程中，往往妖魔化原来自己所属的民族。他们幻想着只要和自己具有相同价值观的西方站在一起，他们就是安全的。"其人并不知道自己就是知识分子乌托邦的一员，以战争的鲜血，来粉饰自己的所谓的理论以哗众取宠。火烧着眉毛了，他却依然如此从容地玩自己的花架子，没有看到炮弹爆炸的瞬间，有多少生灵的涂炭。

人们都应该擦亮眼睛，不要颠倒了黑白。那些会写文章，会写字，会绘画的人，被称为是有才的人，这有点肤浅。其实，当今的社会能够透过现象抓住本质，能够正确地分析问题，不鹦鹉学舌的人，那才是真正的有才。那些守正创新，有正义感，有原则性，不以名利支配权利的人，才是真正的社会的脊梁。

　　社会有时会搬起石头砸自己的脚，只把眼光给那些所谓的"英雄"，从没有看到因为"英雄"的行为而遭殃的平民百姓。战火烧毁了他们的家园，使许多人流离失所，甚至夺去了他们的生命。我常想，在生命面前有时所谓的"正义"也变得如此渺小，生命永远是至上的。人在生命之初就有了生存权，更准确地说是人权。人权和生存权是不能分割的，生存权是人权的不可缺少的一部分。无论贫富贵贱都应该享有人权。

　　战争从来没有胜利者，往往都是两败俱伤。俄乌冲突，不敢妄论，但是有一点不容置疑，战争是最糟糕的解决问题或争端的办法。不到万不得已的时候，只要不涉及反人类的事情，是不能动用武力的。况且，时代发展到今天，后现代文明早已粉墨登场，人类已经成为命运的共同体。互联网的一体化，贸易的全球化，人们的相互依存，每一个角落都会有同胞和亲人，怎能容法西斯主义重演？

　　武器是邪恶的，它飞去的地方会伤及生命。而轻易操纵武器的人也是邪恶的。当权利成为利益，以利益为标准，那么邪恶就会横行。如果社会成为了邪恶的土壤，邪恶也会滋蔓横生。正义原则公正也就会为之哭泣。不能做个人英雄主义，要从人类的利益出发，做一个救世者，或做一个人类命运共同体的捍卫者。

　　战争是强权、暴力、恐怖，是侵略、掠夺，是极端独裁，应该成为一种罪行，应该永远成为尘封的历史。不能把嘴仗，不能把利益，甚至不能把怒火变成战火。

　　人世间都在谈和平，并用语言用歌声喧哗着：爱和平，追求和平，为和平而奋斗。但一旦战争爆发，却把这种假面具砸得粉碎，露出了那狰狞的面目。公然发动战争者是与人类为敌的，当第一颗炮弹呼啸而出时，发动战争者就已经钉在了历史的耻辱柱上了，那些在炮火中丧生的冤魂，也会来掏他们的黑心肝。

善良的、有正义感的人们，只需要也只能呐喊：要和平，不要战争。同时，谴责战争的发动者，同情战争的受害者，为战争的发生而感到深深的遗憾。

这条狗

在村子里有一个胡同，住着许多户人家，其中有一户富裕者，家里一直养着狗，看家护院。在我的记忆里印象深刻的先后有两条狗。

这条狗是新上任的，和先前的那条狗的叫声有些相似，态度的傲慢也很相似，个头也很相仿。但先前的那条狗已经被村子里的人用土枪打死了。

这一条狗的出现，一开始似曾相识，略一思考，啊！是的，与先前的那条狗相似。但现在这条狗的地位，仿佛比先前那条狗要高一些。它是来自于城市。而先前那条狗则是土生土长起来的。

但是这条狗和先前的那条狗都有一个特点：见了所有的富人都驯良，见了所有的穷人都狂吠，而在主子面前则摇头摆尾。

但是这条狗是咬人的狗。不过先前那条狗也咬人，狗就是咬人的嘛。但也有不咬人的狗，只会叫，且露着牙齿，狂吠不停，很凶。这条狗要咬有咬，要声有声。先前那条狗不很能叫唤，但暗暗地咬人，冷不防就会被咬伤，且一旦被咬了，不太易好。人们的治法是从咬人的狗身上剪下一束毛，烧焦后敷在伤口处，会好得快一些。但如果是疯狗，还要打狂犬疫苗。先前那条狗是一毛不拔的，想从它身上取下一根毛，比什么都难，它就是一条狗，如果是一只鸡，那就是一只铁公鸡。

这条狗呢，在叫的时候，人们就已经知道了，会尽量不让它咬着，但一旦被咬着，会伤得很厉害，会夺去你的生命。因为这条狗有些疯狗的性质，一是伤口不容易好，二是疫苗不起作用，被咬的人要么逐渐疯掉，要么会死掉。它已经咬过几个人了，没有一个人幸免活下来。这条狗有一个特点，当它在叫的时候，你一定不能动，且听其吠，等它累了，它会回头离开，这时你可以再走你的路。

但是当听到它的狂吠，你会极度的灰心。有这样一条拦路狗在这里，一不小心就会被它拦住你的去路，弄不好还会被咬死。但它的有势力的主子还是很喜欢它的，故人们暂无可奈何。不过像这样的狗不会有好的下场的，因为人们已普遍恨之入骨，厌倦了它那乖戾怪气的狂吠声，也许有一天它也会被土枪打死。虽然这条狗咬人和狂吠时很可恨，但一想到它会被土枪打死又觉得挺可怜的，挺可悲的。

这是什么地方？

这是什么地方？没有彩虹，没有阳光，只有纷纷而来的雪粒，雪粒小的如小米，铺满了地，挂满了树枝，到处都是洁白的一片。

我走出楼。雪粒便往身上袭来，打在脸上，滚入衣领中，让人感到一阵阵的湿漉漉的冷清。

我迅速打开车门进入车里，车轮碾着一层薄薄的雪粒慢行。向车窗外望去，则又是那一色的白，看上去冷冷的，但感觉却是一个温馨的世界。因为我喜欢这种色调，同时自己又在温暖的车子里，有这样一种感觉是很自然的。

树枝的灰白，大地的洁白，天空的苍茫，山峦的朦胧，房屋的宁静，都在这个世界里，默默无语。只有我的车在行动，在检阅它们。它们都屏住呼吸，我像一位行政长官一样，为它们行着注目礼。

我沿着那条洁白的弯曲的小路，越过了一座桥，穿过了几条大马路和几个居民楼，来到了那座山的山麓，停下车来，戴上一顶礼帽，投入了山的怀抱，消失在那座山的云雾之中。

山的台阶上早已铺上了洁白的绢。我轻轻地迈着步伐，一级一级拾上去。两边的树枝在寒风中颤抖。这时我才欣赏着它肢体的美了。一棵树的枝条不规则地伸张着，营造了一种美。虽然树的枝条是弯的，但整棵树则是正直向上的。我欣赏着那些细枝末节的美丽，是无与伦比的。在这雪的映衬之下，各种的树木就像是用淡墨画成的。也许真实就是上帝的艺术，是上帝的山水树木花鸟的作品。

一切都是动的，然而又觉着很静，周边的声音也只有天籁之歌。不，还有一种声音一直伴着我，那就是鸟鸣。自我一进山，便与我相伴。它们是一种普通的鸟儿，麻雀。它们很容易被人们忽视。它们的声音并不美，但它们却不知疲倦地在为你歌唱，或是它们之间在讨论或争论一种不休的话题。但它们的争论是快乐的，同时，也给我带来了快乐。它们的叫声也像天籁一样，使人们习以为常，听而不闻。但当听到的时候，一定是有一颗娴静的心。

周边除看得清的树木和耳边听得见的鸟鸣及天籁之音以外，什么都被笼罩在雪雾当中。山野中只是一片白雪，从下向上的石级一眼望去宛若一条灰白色的蜿蜒的长龙一直向上消失在雪雾中。

折过几个"之"字形的路弯，一条陡峭的石阶直直地通往一座庙宇。庙宇的大门敞开着，里面只容一个菩萨立身。我站在庙宇门外对着菩萨许了一个愿，又右拐继续上山了。

等到了山顶，仍然不见远方，谁说"站得高看得远"，我只能看到眼前的亭子。四周都是雪雾，亭子仿佛是空中楼阁似的在雾气之中。风儿卷着雪粒，漫漫地迷住我的眼睛。此处不可久留。我只好沿着另一条弯曲的山路下山。山道的雪均匀地平铺着，没有人的脚印，只是有几个野猫子跑过的痕迹。路两边的竹林里仍然是麻雀的叫声。它们仍然在伴随着我。当走到半山腰的时候，往山下一望，山脚的路灯已经亮了，在雪雾中散发着微弱的光。是霓虹灯，是一种温馨的黄色的光芒。

这渺茫的世界终于有了第二种色彩。

我忽然才感觉到那就是人间烟火气。这山就是冰冷的天堂，给我的则是山谷里特有的宁静。我需要这种宁静，但并不能长久地生活在宁静里，还需要这霓虹灯式的凡尘的生活。

这红尘中的一条有灯光的路与这山中铺满雪的路，是有着绝对的不同的美的。但都是美得那么的醉人。美，一直在我的眼前，直伴我从这种朦胧的山里走出，又融化在这温馨的充满红尘的霓虹灯照亮的路上。

我又投入了万丈的红尘中，也不知道自己在什么地方，在哪一个节点上。回头望着被暮霭笼罩着的雪雾朦胧的山野，只感到了真实的虚无和暗淡。

一切都诞生于变化

一切都不是一成不变的。一日有早、中、晚。一天简单地说有白天和黑夜，一直在变化着。

一月有上旬、中旬、下旬，有时月如钩，有时月如盘，一直在变化着。

一年有春夏秋冬，雨雪风霜，春华秋实，着实有显著的不同，也一直在变化着。

人们是否感到神秘？这一切被认为都是上帝的操纵。上帝给了人类夏秋，也给了人类春冬；给了人类严寒，也给了人类酷暑；给了人类霜露，也给人类铺天盖地的大雪。的确是各有意境。

你曾经读过柳宗元写的诗吧？他写道"千山鸟飞绝，万径人踪灭，孤舟蓑笠翁，独钓寒江雪。"这是多美丽的诗句。说的就是上帝披上蓑衣、戴上苇笠，独自在江边垂钓。"独钓"一辞用得好，鸟飞去了，没有歌唱，而在柴窝里孤缩着。人踪灭于市野，而归去，呆在房舍里避风寒。环顾四周只有一片白茫茫的死寂的景物，不知上帝是否感到寂寞？

为什么说柳宗元写的蓑笠翁一定是指上帝？因为前两句写了"鸟飞绝"、"人踪灭"。如果不是上帝，那也不能用"人踪灭"三个字，那只有是上帝，上帝不是人。

上帝是一位大魔术师，魔布一挥，百花齐放；魔布又一挥，大雨倾盆；魔布又一挥，狂风大作；魔布再一挥，霜露凝结；魔布再一挥，便就是"万径人踪灭"的天地，唯此一色的肃杀，最能感到上帝的存在。

　　但除却"独钓"的浪漫，看着眼前天寒地冻的萧瑟，人们又不免为饥寒而忧虑。但人们知道，包括柳宗元也明白冬雪终将化去，春天依然会如期而至。如若永远是"寒江雪"的境地，恐也难以有诗的情怀。一切的诞生都是因为有不变的变化。但柳宗元把这一自然景色描写得这么美丽，不是为饥寒而忧虑的人们所能想象得到的，也不是为饥寒而忧虑的人们能够解读的。

　　从唐时柳宗元写诗的那一天到如今，可以估算一下过去了多少年。每天都在变化，到现在已是沧海桑田。但一日仍是早上、中午、晚上，一月仍是上、中、下旬，一年仍然是四季轮换、春夏秋冬。这当然就是不变的变化。柳宗元诗中描写的大风景依然会再现，但是意义一定发生了颠覆性的变化。要了解这种变化是需要懂得柳宗元写诗时的心境和用意的。不必细究，一切都是变化着的。

　　不变的变化就是岁月；变化的不变是人生；变化的变化就是希望。

一些思索的碎片

（一）

多引古典，广借诗句，泛用成语，被称为写文章的几大弊端。引古典而显深奥，用诗句借脂粉而取颜色，引用成语以表其意，便会变得媚俗。此为李渔写的《闲情偶记》中一些观点。写得恰如其分，不仅适于文学艺术界，也可放置更加广泛的领域。

（二）

在每一个领域或行业当中，总有一些人会借东风。经常听一些人说其与哪一位名人见过面、握过手、吃过饭、开过会，把细节说得特别的详细，甚至是听名人讲过话，与名人同住一个宾馆，在同一个学校学习过，都会讲得枝叶茂密。讲到兴奋之时，仿佛自己也成了名人。甚至一席话就是这一个话题，总是那样乐此不疲地在不同的场所炫耀。

（三）

"好汉不提当年勇"，是古人流传至今的一句名言。"好汉"是不会提及当年的勇敢、过去取得的成绩，这意思大概如此。

那么由此及彼，可想而知，提及当年之勇者，不能谓之曰"好汉"。但是现在许多的"好汉"常常提及其过去，何也？其实，这是一种不自信的表现，是一种空虚或自诩。

"好汉"是不需要自吹自擂的，如果是自诩那就不是好汉了。

好汉不怕困难、不怕牺牲，甚至连生命都不惜，何惜荣誉、名声呢？

（四）

鲁迅先生说：过程当中的挫折是不能作为定案的，胜利要看到最后的分晓。

过程的努力是很重要的，有时可以反败为胜，但有时也可能会使优势变成劣势。这就要看努力的程度和采取的方式方法。方式方法正确，则复杂的问题会简单化，而反过来，方式方法不对，简单的问题则会复杂化，复杂的问题就会社会化。

故无论我们在学习、生活、生产过程中，除了积极努力，还要讲究方式方法，不能耍权威。

（五）

讨论或座谈往往会有时间的限制，但总是有人不受限制，侃侃而谈，超越规定的时间。

当主持人提示：已经超时了，请把握时间。然而，嘴上答应着，却仍继续着，还要坚持把话说完。

且不说被提醒超时的难堪和尴尬，就是再继续说下去的意义何在？

（六）

在这美好的环境里，倒是有助于读书写诗，抒发自己的情怀。小松鼠也会凑到你的面前，以示它的勇敢。

突然看到有一个四合院在前面，院子的大门上写有一副对联：水清鱼读月，山静鸟谈天。其实，美好的时光就是这样的，物语表达，心领神会。

你只管享受那心情的平静和愉悦，漫步于这美好的环境中。

（七）

我一向是喜欢那些小叶子的树木和花卉，总觉得其有艺术性，后来逐渐地也喜欢上了那些大叶子的植物。龟背竹、橡皮树、芭蕉树、广玉兰，觉着它们也很美丽。从这一审美观的潜移可见，人的意识是可以改变的，并不是一成不变，任何事情都是这样的。所以对很多事情，任何时候都不能漫不经心，不一定什么时候对你就会很重要！

一幅山水画

墙壁上挂着一幅山水画。

近处是树木，远处是山峦，更远处是湖水，被山环抱着，谓之：高峡出平湖。

前边的树木大多是松柏，苍劲翠绿。那从高山平湖上流下来的水形成了三条水瀑，跌下来形成了眼前的河流。

山由左右两群山组成，中间便是一条山谷，水在这里积聚，山谷中有白色的雾霭，一直漫延到山峰，云水不分。这正如李白所写的诗云："云青青兮欲雨，水澹澹兮生烟"。

我数了数那几座山峰，五组、十组、二十组，越数越多，有无数山峰巍峨地静立着。周边的云、峰、水则苍茫无垠。群峰之间那一池水，被画面中间的山峰遮挡了部分，有若隐若现之感。

湖边的树木颜色如碧，山峰的颜色是青绿色的，方感春和景明，正如"草色青青近却无"的感觉。那水也有颜色，"春来江水碧如蓝"。这使我不断浮想联翩，想起了白居易《琵琶行》中的句子："千呼万唤始出来，犹抱琵琶半遮面"。想起了朱熹的诗句："半亩方塘一鉴开，天光云影共徘徊"。

在这么一幅画中，容纳了如此多的自然信息。一幅画再大也就是一幅画，与天地之大相比，确实是"沧海一粟"。但把万千的气象容于画中实属大家之作。

但在此美好的山色之中，并无人烟，无一处休闲山亭和茅屋，更无上山之石阶，是此山水之画的缺陷所在。

人是最美的景色，没有人的风景也不称其为最美，或美是有缺陷的。如果山中阔处，依山傍水，有几间茅屋，流水处有几座小桥，山腰处有几个石阶通往深山，连接小桥与茅屋。那么这幅山水画便有了生活的气息。

山有路可行，有石级可拾，有景物可观，这就不仅有了美感，而且有了向往，必定是一种可及的美与壮观。

泰山之雄拔，在于其从红门入山时的山路石阶，在于其从中天门通往南天门的陡峭的十八盘，在于其从南天门通往玉皇顶的天阶，故而山水缺少石阶，也便缺少了壮观。石阶是衡量山之壮观的尺度，是观察山之壮观的阶梯。如果有了石阶通往山峰，山不仅是可以神游的，也便可以修行了，此山水之幅岂不成为完美的尺度之幅。

我愿意看到在深山浅水之间有人的踪影，有鸟的鸣喧，有野兽的出没，形成了一幅人与自然，人与动物和谐的图景。此，其实并不难，只需要作者增加几笔墨色而已，但就不一样了。往往差之毫厘，却会失之完美。任何时候人性的体现都是最高的境界，不可忘了人性，更不可背叛人性，一切有人性的人性都是完美的。

这幅画的画家，我并不熟识。我这一番的描述与评论，不知作者是否感觉到了耳根发热，但只是一家之言，切不可介意。

液体玫瑰

一

讲葡萄酒、品葡萄酒，成为一种新的风尚，出现在某些阶层。在酒桌上讲葡萄酒，品葡萄酒，一时成为了一种时髦的炫耀的资本。有甚者，喝一口酒，便知道这款酒产在哪个国家、哪个地区；这款酒的特点、性价比、丹宁的含量；这款酒由什么品种的葡萄酿造出来的。煞有介事地说得"头头是道"。

更有甚者，品一下酒，便知道酒的价格，酒是哪一年生产的。更有一些细节说得神乎其神，总使人感到惊讶。

一般人是做不到这种程度的，但恰恰就是有那么一帮人在比划来比划去地表现着。

任何事情都是在实践中得出来的真知。要想知道栗子的滋味就得亲自尝一尝，要知道这酒的味道同样需要品一品，品得多了也就自然熟悉了，所以这并不令人难以置信，因为那一帮人对酒的熟悉也是历经百战的。

但我有点疑惑的是，酒的价格能品出来？哪一年酿造的也能品出来？确有些不敢相信。酒的一些内容是要通过技术检验的，酒的历史和文化是有历史记载的，其实这反而是我们应该研究的。但恰恰并没有人去研究这些高雅的东西，却把这种高雅的葡萄酒给庸俗化了。

摇一摇杯，看着那些挂在杯壁上的酒，看上去像是眼泪。于是那一帮人便说这是女人的眼泪，或便称之为女人的大腿。低级趣味的东西时常摆上酒桌。其实，这是多么美好的景象，在希腊的神话故事中都是有过描述的，但知之者甚少。希腊神话中说：挂在杯壁上的酒，那就是太阳神阿波罗的汗水，葡萄酒神狄俄尼索斯的眼泪。这既高雅又符合情理，太阳神阿波罗与汗水是契合的。葡萄酒被人们喝掉时，葡萄酒神狄俄尼索斯流下眼泪也是合情的。这便是葡萄酒的高雅文化。

还有的人在红葡萄酒中放入洋葱，浸泡而饮，说是可以软化血管，不得脑血栓。我没有喝过，不知道是什么滋味，一定是破坏了那种美的味道。但有人却相信那是真的，喝了可以长生祛病。这比蘸着人血的馒头，吃了可以治痨病的历史是有些进步的，但是不免有五十步笑百步之嫌。

二

有些人对葡萄酒的酿造程序上升到不可理解的高度。我们应该追忆一下葡萄酒的历史，便会知道并不是那么高不可攀的，应该返璞归真。茅台酒也是这样，酿造是一个简单的事情，就是一种技术，放之四海而皆准。但葡萄的种植却是千差万别，葡萄的质量也便天壤之别，故有专家说"葡萄酒不是酿造出来的，而是种出来的"，这不无道理。

据说葡萄酒已有七千年的历史，许多人很诧异，文字记载只有五千年的历史，那两千年如何得知的？考古学家告诉我们，一个古老的国家，名字叫亚美尼亚，贵族死后墓碑上都镌刻着葡萄酒酿造的场景，由此得知葡萄酒有这么长的历史。

亚美尼亚古国是在地图上的，她坐落在高加索山的南麓。高加索山脉的最高峰为厄尔布鲁士峰，其海拔为 5642 米，同时也是欧洲第一高峰。高加索山脉主轴分水岭为南欧和西亚的分界线，位于黑海与里海之间，呈西北东南向，横贯格鲁吉亚、亚美尼亚和阿塞拜疆三国，属阿尔卑斯运动形成的褶皱山系，长约 1200 千米，宽 200 千米，山势陡峻，海拔大都在 3000 米到 4000 米。大高加索山脉是亚洲和欧洲的地理分界线，从黑海东北岸，即在俄罗斯塔曼半岛至索契附近开始往东南偏东延伸，直达里海附近的巴库为止。

从高加索山上流下来的水，沿着一条山谷流淌，山谷两边长满了野生葡萄。那可是当地人的食粮。靠山吃山靠水吃水，在这里也是这样的。7000年以前人们生产力低下，只能依靠自然，所以到葡萄熟了的时候就把野生葡萄收入陶坛，收藏起来以便过冬之用。但是往往因贮藏不好会发酵变质而成为液体，当地人称之为"毒药"，会被扔掉的。但有时候毒药也有其用。亚美尼亚国王的妻子整日头疼难忍，可谓痛不欲生，因此就想结束自己的生命，便把那些发酵葡萄而成的汁液凑到一起，一气喝了下去，于是就倒下了。但奇迹随之发生了，国王的妻子昏迷了 48 个小时后醒了过来，头不疼了，并且更加妩媚。从此，国王和大臣们就喝上了葡萄酒，这就是葡萄酒酿造的开始。这能说葡萄酒的酿造复杂吗？这种朴素的葡萄酒酿造方法也是不经意中所获。

自从发现了这种"毒药"可以饮用，大量的葡萄酒就被酿造出来了。于是贮藏便成了一个大问题。问题逼着人们想办法。高加索山上长满了橡木树，也便就地取材，伐掉橡木做成木桶以盛葡萄酒。每逢节日或者将士凯旋归来都要开桶畅饮。突然发现酒的味道更加芳香了。于是用橡木桶盛酒便成为了酿造葡萄酒的一道工序。

三

逐步的，人们有了生产能力了，葡萄酒生产得多了，出现了商品经济。葡萄酒也就不仅是自己喝，而可以去卖钱了。这木桶也成为了运输工具。幼发拉底河，是中东地区的一条名河，发源于土耳其安纳托利亚高原和亚美尼亚高原山区，流经叙利亚和伊拉克，大体上流向东南，最后与位于其东面的底格里斯河合流成为阿拉伯河，注入波斯湾。

幼发拉底河，全长约 2800 千米。葡萄酒就这样用橡木桶通过幼发拉底河漂流运输到了幼发拉底河终端的波斯湾。经波斯湾又漂向地中海。地中海便成为红色的海洋，地中海周边的城市也喝上了葡萄酒。

喝上葡萄酒的时候，正是进入文明、脱离了蒙昧的时期。这时葡萄酒酿造已经过去了 2000 年，也可说离现在 5000 年，这时埃及也有了文字记载。

当生产出玻璃瓶，葡萄酒装入以后，葡萄酒便被包装了起来。本就很美丽的葡萄酒，便有了自己美丽的身段，像一位亭亭玉立的美人一样。当然有时又像一个魔鬼。

当打开那个软木塞时，那芳香便飘逸而来，喝到肚子里的葡萄酒便会使你沉醉。世界上许多事情都有相似之处，这并不是巧合。往往美丽的东西不一定都是美好的，这些观点在不同的事情上存在着。

装到玻璃瓶里的酒，在酒瓶上贴上一个标签，什么好酒都一目了然，大拉菲、奥比昂、木桐、玛歌、拉图，传统的五大名庄的酒被人们所推崇。当这些美酒再次从地中海飘向太平洋时，一直漂流了好几十个世纪，直到一个世纪前才漂到中国。从此，中国便自己动手开始酿造葡萄酒了。

那时葡萄酒大都还是甜的，但是甜的葡萄酒更有魔鬼的隐蔽性，让你在享受甜的滋味的过程中失去你的清醒的神志。如温水煮青蛙一样，是有很强的欺骗性。还有那一种叫白兰地的伙计，他本来是一个大力士，而起的名字倒像一个女人的名字。不像那些白色的烈酒使人望而生畏，故许多人藐视他的力量，而最终被他击倒了。

从此人们便得出一个结论来：只要是"酒"一定会醉人的。

四

还是再回到地中海。那里有古文明，也有诚信，是葡萄酒的故乡，飘着葡萄和葡萄酒的芬芳。在那里有款干红葡萄酒，如玫瑰一般的颜色，倒于杯中，那简直就是一朵玫瑰摆在你的面前。

当然，也有其他的酒。世界是五彩缤纷的，不仅有红色，也有白色、棕色、黄色和黑色，这些颜色都可在酒里找到。XO、人头马、轩尼诗、白兰地、茅台、啤酒、干红葡萄酒、干白葡萄酒、黄酒，都各有颜色。其中，有一种酒叫干白，就是与干红酒可对应的，据说其生产在芬兰，那里是干白的故乡，曾为争夺这个生产干白的地区，历史上有过多次的战争。

为什么争夺生产葡萄酒的地区？拿来技术自己酿造得了。但是，葡萄酒是种出来的，土壤、气候和风水决定葡萄的品质，从而决定葡萄酒的品质。因此，在某种情形下，引进来也是一种造假，因为葡萄酒谁都可以酿造出来，但是具有地理标志品牌的葡萄酒是受地理标志法所保护的，这样品牌的酒只有在那个地方才可以生产出来。香槟酒，便是法国香槟地区生产出来的。茅台，便是中国茅台镇酿造出来的，离开那个地方，就生产不出来那种味道，那种含意的酒来。香槟和茅台都是以地方命名的，属于地理标志产品。换一个地方用同样的方法酿造出的酒，也不能叫那个名字。其实许多的酒都有一定的地理性，但我们许多人都热衷于偷梁换柱，搞乱了品牌和地理标志。

人人皆知的造假，多么简单的作为，与战争相比毫无代价，但是危害是可想而知的，可能不亚于战争。但这并没有引起人们的关注，是否我们还在更多地喝着假的高档的名酒而醉倒从而自豪呢？

深圳，这座城市的现象

初冬，我出差在南方的一座城市—深圳。深圳的树木花草长得茂盛，花儿开得也很美丽。走在街上，不要说寒冷的冬天的影子，就连秋天的萧条也难以寻觅。

而此时的北方的城市则正是冰冷的冬天，刚下过一场雪，由于出差在外，我错过了落雪时的壮观。朋友熟知我喜欢雪，故发来信息送来了随手拍下的雪景，美得也如这深圳的鲜花。

鱼和熊掌不可兼得，也就只感到一些遗憾，没有看到那场雪的飞舞和雪饰的美丽景致。但我看到了一个真正繁荣的景象，许多的花儿开个满树。

你知道吗？有一种树开花像北方的梧桐花。花朵簇拥在一起像个球一样。树上没有一片叶子，只有那一树紫色的喇叭花。我询问一下手机，这花的名字叫作紫风铃树。树上没有一片叶子，花儿赤裸裸地挂在树上，毫无掩饰，很诚实地把自己展示给人们。

我喜欢没有绿叶只有鲜花的这种坦诚，好花何需绿叶的衬托呢？绿叶就像谎言，掩饰着鲜花的真实，遮拦了鲜花的阳光和羞涩的魅力。一切的掩饰都是纸中火，雪中人，水中石。

你再看，那些灌木三角梅，到处迎风舒展，在晨曦里，在斜阳中，在风雨里。许多爱美的人们不时地驻足举起手来，拍下那些美丽的天使。背景自然就是那些高楼大厦，这在深圳是不可避免的一大背景，也是深圳两大特点的叠加。许多人也以蓝天白云为背景，拍下那深邃的照片。蓝蓝的天和红红的花相映衬，完美，自然。

我下榻的那座高楼，就在市中心，每天闲余之时，便去周边散散步，发现深圳的街道上停着一排排的车辆，街旁的门头店一个接着一个，挂着不同颜色的牌匾，安装着不同风格的门窗，门前摆着许多的花卉，充满着一种浓郁的生活气息。

自行车、摩托车、送外卖的车子，在人行道上穿行，成为了深圳的又一道风景线。一些人的辛苦，解决了许多人的需求。路上这些车子为生计而奔波，活得有希望。这些车子的自由，换取了人们的方便，也体现了人性化的城市形象，现象的背后总是本质的所在。

近乎傍晚时分，许多人开始在一些路边、桥下摆上了小摊位，开始卖小商品。竟然还有露天理发的，好多年未见的现象，在深圳依然存在着。每一个人生活的希望，点燃了深圳这座城市的火炬，使深圳这座城市有了活力和动力。

不像一些城市那样，街道上"干干净净"，没有门头的繁荣，不让摆摊，不让停车。城市干净得走上几里地，连一瓶水都买不到，吃饭找不到小饭店。年轻人找不到要喝的咖啡。这样的城市市民们方便吗？外地的游人喜欢吗？城市如何能繁荣？

我还发现了一个现象，有一个残疾人在一个商业大厦前的广场上，用脚写毛笔字，即所谓的书法。因为其没有了双臂，围观求字的人很多，书法写得也很好。拥有这种人性化现象的存在，是城市人文关怀的存在，也是城市文明甚至是人类文明的回归。

有的城市管理的人员经常与摆摊者打架或追得卖小商品的人们到处躲藏。这本身就是一种严重的不文明，一种城市管理的污点。那些小商人为了生计，不偷不抢、辛辛苦苦地去奔波，是社会应该庆幸和尊重的。

　　我把深圳上述这些现象用微信发给朋友。朋友回复道："越开放越包容，人心的和暖，不会有冬天"。神探狄仁杰最信任的助手是李元芳。狄仁杰断案时常问的一句话是：元芳，你怎么看？

品茶者说

    深秋的一个下午，阳光送芒，正给秋叶一些温暖。我从教室兴致勃勃地走出。今天的课堂结束得早，自然心中愉悦。在走向宿舍的路上，忽遇见一位久违的友人，邀我去他办公室喝杯茶，我便欣然而往。

    好事连连都在这一刻来到我的身边，以使我心怡方兴，情绪昂然。

    来到友人的办公室，坐下来感觉很温馨。房间不大，除了摆放的书桌、书柜、电脑、椅子和一个长条沙发，也就剩下了只容三人的空间。窗台上放了两盆微型榕树盆景，显得室中有些雅气。

    友人把本来放在角落里的茶几摆到中间，我们对视而坐。然后又从橱柜中拿出了茶海，所谓的茶海是一个很小的竹制的放茶杯、茶壶的物件，可接住一些漏下来的茶水。然后又拿出一个茶碗，是中国传统的饮茶的碗。再取出茶杯两只，是有点磨砂般的玻璃杯。友人着重介绍了玻璃杯，说：此杯是收口的，这样可以留住茶香。哦，"出手不凡"，看来是一个品茶的行家。

    先泡一壶冰岛生普洱，果然气息浓郁。再泡一壶岩茶，浓厚的气味深远。我虽不能说出其恰当的香味，但却可以体会得到。正如陶渊明诗中所云：欲辨已忘言。但友人却敏于言，锐力于行。他说："第一款青涩、欢快，入口即化，口爽喉滑，这便是好茶。否则入口难化，锁喉。"我惊讶！他接着说："第二款重装浓抹，浓厚的味道，长久不衰，不会断崖似的失掉香气。"有趣。第一壶是淡黄色，第二壶则是棕红色，色香味皆大相径庭，友人确实懂得品茶，关注茶道和茶的本质。我则注重茶的形式和茶的文化。茶具的艺术会使人愉悦，仅那形式便是赏心悦目的。这样一来，茶便成为了形式。我常常反其道而行之，欣赏那茶具的形美，欣赏那品茶环境的优雅。

我很难忘那间清凉而又古朴的茶舍。和朋友一边饮茶，一边聊着艺术。茶舍墙壁上的四扇大的窗子，透着绿意，通着自然。窗外一片毛竹，时时惹人注目，常常在窗外摇曳，满窗口的绿色。坐在茶舍之内，仿佛置身于天然的绿植之中，没有一点的隔阂。先不说品茶，仅此环境已使人心悦。

茶间谈及艺术，茶又仅成为形式。艺术，其实，并没有什么神秘。你看那些雕刻的艺术品，其实就那么的简单，把不需要的部分去掉，留下需要的部分而已。再看那么多的万物，抓住它们的特点和关键的部位，寥寥几笔则就介于似与不似之间，这就是大手笔。

我常说那些大家留下来的作品，都是相对简单而留白的。有一个很生动的例子，便是"神龙见首不见尾"。这是民间的传说，很有些哲理。只见到龙头之时，便是神龙。而见到龙头龙尾时，就太过于完整了，大有昭然若揭的俗套。

所以说一个大的艺术家不是专家，一定是一个全才。没有文学功底的画家也便称不上艺术家。文学素养一定是作品的养分，洋溢着浪漫情怀，有着深刻的内涵。

品茶，品的是茶道和茶文化，甚至品的是人生哲理。与艺术有相似之处。有时品茶仅是一种形式或是道具，读书写诗享清闲，才是真正的目的所在。

茶的优劣无足轻重，饮茶的环境和时间却举足轻重。我喜欢黄昏时分，那是最具闲意的时刻，柔和，紧跟着而来的则是夜晚的悠闲。清晨之后则是一天的忙碌，故清晨不适宜品茶。当然我认为午后也是品茶的好时间，劳作了半天的小憩，也很让人青睐。

茶不仅仅是生活的趣情和雅闲。茶间会有喜悦，没有失意。爱品茶的人是会排忧解难的，无疑，茶也会梳理人的情绪。

改变生活方式

　　物质极其丰富的当今社会里，主动生活的人们是享受生活的，但互联网时代，人们的生活节奏太快，又使人们的生活被动起来。

　　人们常常被闹钟从梦中催醒，被手机铃声呼唤，被公共汽车的钟点驱使，被朋友相约的饭局所催促，被各种活动所束缚。就是想吃点什么东西，也是相对被动的。其实这也正是因为人们都在社会这张大的网络上，无法逃脱所致。但若是想到逃脱，变被动为主动，那是需要境界的。

　　被动有害，主动有益。主动生活不仅是有趣味的，是协调的，也是健康的。

　　每当过年过节的时候，每家每户都会储备点鱼虾肉蛋之类的东西，一时吃不完，便把它们储存在冰柜里，然后，再吃的时候便从冰柜里拿出来，不管过了多少时间，也不舍得扔掉，最后或煮或烹或烧，塞到肚子里，这一行为便是被动的。冰箱里有什么，便吃什么，自己没有选择，被动的链条就这样随着转了起来。这些被动的链条都是有害的。如果不是这样，我们可以舍弃被动，想吃什么东西就随时到市场上去买点什么东西，那又新鲜又健康又有生活的乐趣，这就是主动的生活。

　　人们都知道，但是做不到，就是被社会的网络拴住了。记得上个世纪的八十年代和九十年代，许多的有点地位或有点钱的人，家里都会储备一些易拉罐啤酒，还有各种罐头、灌肉肠、火腿肠、方便面及冷冻的食品。这些东西被认为是身份的象征，当有朋友上门，拿出来吃喝，都是很骄傲的事情。

但事实上这也是被动的生活方式，虽然方便了生活，但这些垃圾食品使一代人为之付出了代价，许多人有了肠胃、胰腺方面的疾病。当今，这种生活方式却正如诗人所说：旧时王谢堂前燕，飞入寻常百姓家。看一看那些工地上的建筑工人、清洁工人、煤矿工人即所谓外出打工人员，都会带上这些方便食品，津津有味地饱餐。这些食品长期封闭、存放，会滋长出什么样的细菌来，我们肉眼是看不到的，即使是火眼金睛也难以辨别。

社会的科技迅猛地发展，也便加剧着这些被动的行为的发生。先不说化肥、农药对食品的影响，就是那些人工的有意识的行为，有时也防不胜防，像麦芽糖的提取，使许多的米粮只剩下了葡萄糖，能量很高，会使人们的血糖高而生病。但人们哪里知道呢？有许多的人为了减肥，晚上不吃饭，只是煮点米汤喝，但越喝越胖，不知其因。这种被动是不知不觉的。

有一次去南方莲子的家乡，到处店里都在卖莲子。莲子上都含着一个绿色的小莲子芯，卖得贵，我们与之讨价还价，卖主说：我们的莲子有芯，是完整的，有益健康。你们看那些便宜的，都是把莲子芯摘走了的。

谷物中所含的葡萄糖和麦芽糖吃下去在人体中会中和变为蛋白质，而当把麦芽糖提取以后，只剩下葡萄糖，失去了平衡。人们吃后不免血糖高，会发胖，还会得糖尿病。这当然属于被动的生活方式，这也是社会铜臭的气息所致。

除此利益和技术所能之外，还有诱导的功劳，许多媒体、广告宣传，吃什么健康，喝什么健康，于是大把的保健品往肚子里填，最后填坏了肠胃，吃坏了心血管，这些事例就在身边，但是人们仍在这样地生活着。

就拿茶来说吧，全社会已经形成了一种茶文化，这并没有什么可以非议的地方。但就是利用这种茶文化，大做茶的文章。茶的品种繁多都有其美名和功能，有的软化血管，有的可以消炎，有的可以助消化，有的有利于暖胃，有的可以清理肠道，不一而足。尤其是那些几十年上百年的普洱茶，则被吹得神乎其神，价格也被抬到了天上，也使许多的人为之折腰。

传统的绿叶茶，自古就可以入药，可以给人以精神的亢奋，并且一目了然，泡出来的水也是清清的、淡淡的颜色，不会含有其他杂质或者有毒的物质，但那些茶饼子黑乎乎的，结成一块，谁知道里面有什么东西可以害人？不说那些工艺的过程是否卫生可信，就是放上几十年、几百年，是否发酵、变质，你都很难判断。人们只能随着茶文化、茶道走下去了。仿佛也有"皇帝的新衣"之理论，不说哪种茶好，就会被认为孤陋寡闻，没有品位和文化，就是大老土。所以就使得那些利益者大行其道。把茶美名其曰什么"肉桂""岩茶""牛栏坑""水仙""大红袍""老白茶""金骏眉"，再发展下去，我很担心，会出现"金瓶梅""聊斋""和尚""尼姑"一类的"美"名。

我有一位朋友就很沉迷于茶道，几乎每天都泡上一杯茶，坐着细品。因其是一位作家，泡上茶，茶也就泡上了他，便开始写作。他写的散文、小说都有茶饼、茶砖、茶丝的味道。他还常常把喝的茶，泡前泡后的茶都要晒到网上，大讲喝茶的益处。但就在不久以前，他得了一种病，说是癌症，我便大惊失色，怎么会呢？天天喝茶的人，茶那么有益于健康，怎么会得这样的病？我便开始反思喝茶的利弊。他喝的茶在网上晒出的大部分是红茶或黑茶，还有白茶。我犹怀疑那除去绿色茶的其他颜色的茶，里面是否含有致癌物质，也便谨慎起来了。但人们普遍又有一种心理，茶未喝完就丢了不舍得，还要喝下去的心理在作怪了，这又是一种被动生活的心态。

我也想，也呼吁人们主动地生活，想吃什么去买点什么，然后自己想怎么吃就怎么做一下。吃点新鲜的东西，主动去安排自己的事情，去做自己想做的事情，不想做的可以拒之门外，不可勉强。这种主动的生活方式，会使你成为生活的主人，也使你成为一个独立思考、积极向上、辨别是非、拥有自由的人。

当你的生活方式是主动的时候，你的生活就会简单而有秩序，并充满节奏和快乐，当你的生活方式被动时，你的生活就会复杂而繁乱，你会生活得很累。

放弃被动走向主动是需要毅志，是需要摆脱许多事物的，也需要勇气，不是一个简单的问题，大家可以尝试一下，走出被动的泥沼，那你最后收获的一定是健康。

访欧阳中石先生

今天去首都师范大学的宿舍楼，看望了欧阳中石先生。

进门时是中石先生的夫人开的门，瘦瘦的一个老太太，很热情地把我们让进门。进门是个走廊，右边是一个长形的书房。中石先生就在书房里，听我们来访，便从书房的深处向外走来，迎接我们。老太太说："这是欧阳老师"，用手势表示着。

中石先生走过来与我们握手。中石先生很高兴地让座请我们坐下。他见到我便高兴幽默地说笑。说着，他坐在了一张小写字台的一边。

他说："我去过你们的城市，许多县市我都去过，有些地方我去过好几次。"他接着说："我很喜欢海边的气候，尤其是在夏天，凉爽的感觉淋漓尽致。"我说："是的，我们的城市冬无严寒，夏无酷暑，许多人都来消夏。"他微笑着从写字台上拿起了老花眼镜，是一副很传统的化学镜框，褐色的，戴在鼻梁上仔细看了看我的名片说："哎，老朋友了。"我哈哈地笑了笑，心想，啊！原来才想起我来。他说："我很熟悉你们的城市，我还有几位老朋友在你们城市里，前几天我参加一个活动，遇到好几位好朋友，权希军和邹德忠。"权希军和邹德忠都是有名气的书法家，权希军写草，邹德忠写隶。我说："您说的这二位都是在我们家乡有名气的书法家，是我们家乡的骄傲。"他仍然兴致很高地与我们谈。他说："你们那里的人说话好听，我喜欢听。我曾在那里住过。我住过的那个地方有一个书局，那里有一位工作人员说话很好听，那书局有一本杂志叫《现代》，我喜欢读，都到那里去买。

有时我便故意去书局，单等《现代》杂志没来的时候。我走到书局橱窗前，那个人就用胶东腔问我：你干馍呢？我听着这腔调就很高兴，学着那腔调说：你干馍？胶东人说话拉着长腔，像唱歌一样。我说我要买《现代》杂志，那人说：《现代》没来。"中石先生学着那位工作人员的腔调，把我们都逗笑了。

他接着拖着长腔又说："那个工作人员说：过几天，你再来看看。"又使我们哈哈大笑。他说："我学了许多地方话，好玩好听。"把我们说得都很高兴。这么大的艺术家，可谓书法泰斗，如此率真，并把我们家乡话学得像极了，让我们倍感亲切。大凡大家都很平和而近人，也都有很强的模仿力，几句地方化的语言自不在话下。当然了，一个大家他的创造力也是第一位的。

看他情绪高涨之时，我也乘机说："今年，春暖花开时，我们请您到我们家乡看看，住一些日子，请您去写副对联，写几个匾额。"他高兴地说好，我一定去。

我看着他的书房四壁都是书柜，整个书房成了一个书的走廊，一头是窗，另一头是门，在窗前放一张书桌；在进门处放一张书桌，像是图书馆里的借书台，书桌上的书满得有点乱，乱得有点繁。书柜连着桌子都是书。

他幽默地说："我是一个被看管分子，不自由也没有书籍送你们"，并指了指后面一位一直站着的小伙子说："那是每天院里派来监视我的。"我们都笑了。那个小伙子说："我是交流学者，是中石先生的学生"。

当我们离开时，中石先生站起来送至书房门口。这时大门外已有人在那里等候了。

灵魂与咖啡书吧

深秋的一个上午，驱车沿着海岸大道奔赴一处"咖啡书吧"。

虽然天气有些冷清，但阳光还是清澈的，给人一种神清气爽的感觉。一路沿着海边行车，蓝蓝的大海和高远的天空，让人心情愉悦。

所谓的咖啡书吧就是以书为主，兼有咖啡、茶和甜点。书吧本就是灵魂最好的栖息之地，加上咖啡的味道灵魂便会兴奋而居。咖啡书吧，偏又在一所大学的校园里，这使得灵魂也觉得身价十倍，仿佛升华到了一种境界。

校园中，操场边的一片草坪上，是一座独立的尖顶建筑，阳面是大片的玻璃，阳光直泻到了房间里。走进去时一股温馨的气息扑面而来。四周是书，中间是艺术品般的小凳子和小桌子。大门正对着的是一个小小的服务台，上面挂着工具和一个甜食小冰柜。柜台的背景墙是一个古玩架，上面挂放着许多工艺品，看上去很有品味。这就是咖啡书吧。

我靠窗坐了下来，阳光通过窗子射进来，照在身上，感受到了阳光的温暖。然后每人要了一杯咖啡，放在了桌子上，咖啡的味道立刻漫染了整个房间，这是一种快乐的香甜。此时，阳光、书、咖啡、朋友如此的融洽，其实快乐就这么简单，无需奢华，但偏偏就在此时，从教室里飘来了笛声，让你幸福得不能盈纳。笛音吟唱道：

阳光下，校园中，草坪鸟儿鸣。湖水边，小路拥，书卷游子行。片云与阳同徘徊，岂因湖水掉下来。犹笑猴王水中采，等闲因影入镜怀。

向窗外望去，草坪的远处是一片湖水，在阳光下波光粼粼。鸟儿从湖面上掠过，落在绿色的草坪上，学生们抱着书或抱着球，从湖边走过去，互不相扰，各自安好。在这里没有利益的追逐，只有自由的灵魂和闲适的身心。

这宁静的校园，人们都曾经拥有过。同样的城市，同样的天空和大地，当你一步迈进校园，立刻会使你浮躁的心绪沉静下来，在你的心中立刻会荡漾着笑声，你的灵魂会慢慢地舒展飞翔。

这也使我想起了几年前在美国读书时，在伊利诺伊大学厄巴纳香槟分校的周边，有一所咖啡吧，位于十字路口的一角，门头上写着英文，意思是：一轮明月咖啡吧。是一座二层的小楼，大约有二百多平方米吧，容纳不下几个人。在一楼有一个小橱台，橱中放有许多种巧克力食品，还有一个通向二楼的楼梯，再就没有多大空间了，只能供来客站在那里买一些小食品，或再要上一杯咖啡，然后蹬着楼梯咚咚地上到二楼，去找一个位置坐下来，慢慢地看电脑，或学习，或聊天，或什么也不干，只是出出神消磨消磨时间，净化一下灵魂。一楼二楼是通天的，坐在二楼的栏杆边，一倾身便可以看到一楼等待买咖啡的人们。虽然地方小，但很舒适，许多人来去无声，并不坐下来，而是要一杯咖啡或一盘甜食擎在手上，一边吃一边赶路了，可怜那匆匆的灵魂一路风尘。

咖啡书吧，是一个非常宜人的地方，像其浓郁的香味一样，有十分的亲和力。一坐在那里，便再也没有了着急浮躁的情绪，咖啡味道和书香的渗透，忽然使你停下脚步来，安享这份宁静。灵魂是一个人心灵深处的神，它犹如窗外温暖的阳光可以驱散一切的寒冷和黑暗。

一个地方栖身固然是重要的，但灵魂的栖息之地更重要。在这里打开一本书，要上一杯咖啡放在眼前，仅是那升腾的香气也足可以使你身心愉悦，安心读书，灵魂也会得到净化。当然也可以在这里思考创作，许多作家的作品都是在咖啡厅或图书馆里完成的，或者说都是在咖啡和书的陪伴下完成的，咖啡和书给了他精力和思想，而作品又净化着读者的心。著名的《哈利波特》一书的作家也是在咖啡厅里思考写作，完成了这样一部世界名著。

在校园里建设这样一个咖啡书吧是可以成为一个创作源泉的。斯坦福大学的下午茶，就使许多教授、学者在放飞灵魂的时候，突然获得了灵感，百思不解的课题，倏然有了解决的方案。这小小的咖啡书吧里可能会产生几个科学家或文学家，更能培养出一些具有灵魂的优秀的毕业生，是一个滋长创作精神的地方。

咖啡书吧不很大，但外面有一个大的空间，不仅有草坪，而且有一片水面，有淡云的天空。这书吧就跟人的大脑一样，脑袋不大，但思维的空间很大，可以思考一切。思想可以遨游世界、遨游太空。行万里路读万卷书，思想里的遨游同样也是遨游的越远获取的灵感也就越多，得到的创新思想和手段就越多，取得的创新成果就越多。故，咖啡书吧可以有大功能。

多一些咖啡书吧，会多一些洁净的灵魂，当人的肉体一味撞南墙的时候，灵魂或许会劝阻，使你不会头脑发热，又不会如此的冷血。也会少一些肮脏的灵魂，多一些友爱与责任。

人世间总是肉体不断枯死，灵魂永远不朽。大地富陈尸腐肉，天堂丰神灵仙幽。笛声又起，宜于高歌，伴朗朗书声，挽灵魂之宁。

当我从咖啡书吧中走出时，已是正午，阳光灿烂。

不同的角色

一

有些人是在战场上，冒着枪林弹雨去实现自己的人生价值的。在黑夜里，在野原上，在大山中，在沼泽地，在沙漠，在大海里，他们带着勇气，带着使命和责任。他们冒着生命的危险在战场上。他们怀揣着勇敢，也怀揣着恐惧。他们有时不顾一切，他们有时又胆战心惊。他们有胜利时的喜悦，他们也有失败时的沮丧。他们的心情总是复杂的，是难以言表的。因为他们的背后有力量的支撑，有许多的牵挂的理想。但他们知道"苟利国家生死以，岂因祸福避趋之"。他们知道也许会成为英雄而凯旋，也许会在战场上粉身碎骨或成为灰烬，那种痛苦是任何人难以预料和想象的。自古以来征战者就把自己的生命置之度外、义无反顾。因为他们知道"醉卧沙场君莫笑，古来征战几人回"。凯旋者凯旋，阵亡者也凯旋。凯旋者是阵亡者的灵魂和希望，是生与死的全部。

二

有些人是在舞台上生活着，给人们以美。人们也会给他们以掌声和赞美。灯光是给他们的，音乐是给他们的，道具也是为他们而布设的。这些都是舞台上必不可少的，都给了人们一种强烈的震撼力和感染力。这一切都是艺术，而他们就是这艺术中的主体。他们有的会唱，唱出令人豪迈的情怀，有时也唱出令人抽泣的哀伤。他们有的会跳，穿上一身美丽的舞装，那刚抑柔扬的舞姿会撩起你心中的云霓，摆动的舞裙像缭眼的花絮，又像一条狂舞的龙,萦绕着那美的魂灵,时时显示出醉人的风骚。那形象的如鸟喙的手指,挥动着上升的美的神韵。那些拉、弹、奏出的如天籁一般的音调,从手指尖上涌出,像醉人的酒,像久违的亲友,像大旱的甘露,像大河里水声的滔滔,像大山里的松风。台上一刻钟,台下十年功。展示美的背后会有很多的苦楚和心酸,但人们看到的则永远是美的一面。

三

文学界的战士,是用笔和文字战斗。

战士的称号是最响亮的。在这士那士当中战士最勇敢,也最令人钦佩。鲁迅先生是一位民族的战士,是向民族的劣根性、麻木不仁动刀最准确、最坚决、最直接的优秀战士。战士是在不同的领域都有的。鲁迅一开始是在医学界,他感觉到自己力不从心,那么多病人都一个一个动手术,短时间做完是不可能的,做完前面的,后面的可能就已经病入膏肓了。为了尽快解决众人的劣根性和麻木不仁,他就弃医从文了。以宣传治病之理,让每一个人都学着自己预防和治疗。但也有齐桓公之类的人,说自己没有病,并且指责扁鹊是来为无病之人治病,是沽名钓誉。鲁迅的周围也充满看不见的硝烟。一边要教之治病,一边要排除干扰,有时还颇费精力。关键是有人不承认自己有病,这事是很麻烦的。在用笔杆子斗争中也感到效之微毫,是不足以唤醒人们的觉醒的。他自己都深感疲惫。但鲁迅还是拿着笔不懈地战斗。鲁迅是文学界战士的代表。

沉默的大山

许多的山，通向山顶的路一定是曲曲折折的，上上下下的。这就是大山的哲学曲线，绝非直梯之类。因其有哲学性，故也便沉默不言。

俗语云：山不在高有仙则名。这话也充分说明了山的哲学性和山的灵性。山的灵性有时也可以通过自然现象来体现，许多湖水出高峰之上，这是山的灵性的表象。而仙是山的哲学灵性的造化和本质。

许多的文人写过山的文章。在他们的笔下，山的灵魂，山的体魄，都得到了一些挖掘，但是也只不过是皮毛之笔，不能"入木三分"，即使那些与山常年厮磨的文人，也不能完全准确地写出山的风骨及山的哲学内涵。

有一句诗云：石泉淙淙如风雨，桂花松子常满地。那是怎样的一种意境？但也是作者主观上对山的感受。大山客观的地位对人主观的启迪，也是仁者见仁，智者见智的。

有一点人们很清楚，那就是大山是扎扎实实地踏踩在大地上的。因此，大山的博大和毅志有着强有力的根基。同时，大山又高高耸入云端，汲取着雨露，经历着风雪，享润着上苍的教益，可谓顶天立地。

大山，阅尽人间城郭，又通达天堂桂月，纳天地万物之精华，凝日月星辰之泽晖，而成其博大。

大山，拥峰谷于胸怀，跌宕而起伏；抱树木虫鱼，青紫而蓝红；纵狼鹰虎豹，风生而水鸣，而成其精深。

人们说：大山是孤独的，大山是寂寞的。其实不然，那就是大山的沉默。

甚至，人们讥之孤独、笑之寂寞，但大山依然沉默。更甚者，人们践其脊骨，踏其头颅，并大言不惭地说"山登绝顶我为峰"，但大山依旧沉默着。这就是大山的哲学。

大山，总是由着山路的曲折，由着泉水的流淌，由着山花的烂漫，由着雨雪的飘洒，由着日出其东落其西，由着月明星高鸟雀鸣，但大山总是沉默。

沉默的大山就是一位大哲人。

成长的翅膀

　　小小的鸟儿，跌跌撞撞地飞呀飞呀飞，但它总是不满意，为什么总也飞不高？

　　一天，这只小鸟飞到一片草地上，突然发现自己的周围有许多开放着的野花，美丽又带着芳香。草丛中也有许多的虫儿在蠕动，饥饿的小鸟儿可以从容地啄起虫儿以充饥。一时忘掉了鸟儿的远志在天空。吃的又肥又笨的小鸟儿在阳光下享受着安逸的日子。

　　一天天过去了，一天一只大鸟从上空飞过，"哇"的一声叫，响彻天空。小鸟猛一抬头，看到了飘飞的白云，忽然想起了自己的父母曾告戒自己说："海为龙世界，天是鹤家乡"。于是自己就下决心放弃安逸的生活，再次冲向天空。然而刚飞起，便感到非常的累，于是就飞到附近的一棵树上休息，但站在树上时，已是气喘吁吁。突然一只大鸟开口说："孩子累了吧，一看你就不是远走高飞的鸟，你看你如此之胖。"说完，那只鸟飞走了，小鸟羡慕地望着，直到看不见了大鸟的影子。但大鸟的话却深深地刺痛了小鸟的心，小鸟感到很惭愧，心想：为什么它能飞得那么高呢？我要立志。

　　小鸟又再次冲上天空，没飞多久又感到很疲惫，正想飞落某处去歇脚，又一只大鸟出现在上空，说："孩子，累了吧？"小鸟说："嗯"，大鸟说："孩子，把你的翅膀完全地伸开，慢节奏地翻动，慢一点会缓解疲劳，节奏又会保持你的速度。"小鸟按照大鸟的说法试验着，效果果然不错。小鸟逐渐缓解了疲劳，同时节奏使小鸟感到了飞的快乐。大鸟又说："请把你的头昂起来望着天空。"小鸟试着把头昂起，就在那一刻，突然发现头顶上的天空如此之高远，如此之广阔，"白云与我共飘飞"。于是，小鸟就盘算着自己应该到达更高的高度。正在想象之时，天空突然白云变乌云，雷电闪烁，不幸的小鸟被雷电击伤了翅膀。小鸟忽然感到一阵疼痛，从空中跌落下来，先是跌落到一棵树上，然后又滚落到地面。

当小鸟睁开眼睛，扑拉一下翅膀，努力想站起来的时候，感到一阵疼痛，又不得不躺在了草地上。环顾四周，自己被野花环绕着，再向上一望，周边全是大树，方知自己落在一片树林中。许多的鸟儿在树枝上不停地鸣叫，仿佛在为小鸟鼓劲，小鸟得到一丝的安慰。这时突然一条长蛇向小鸟扑来，小鸟无助地望着那条长蛇一步步向自己逼近，心想："怎么办，这下完了，刚刚学会飞行，就这样再也不能翱翔蓝天了？"一种恐惧向小鸟袭来。就在这危险的当口，一只老鹰从天空中俯冲而来，说时迟那时快，猛地把那条长蛇叼起，弯曲的长蛇仿佛痉挛似的，挣扎着。小鸟分明惊诧于这眼前的一幕。慢慢的小鸟放下刚才惊竖起来的羽毛。受伤的翅膀已被鲜血染红，不能束起，只能铺散着。小鸟累了，躺在杂草野花当中。那只大鸟又到了，轻轻地把小鸟啄起来，把它叼到一座山上。在山的绝壁之上有一个巢穴，小鸟被放在了那里。大鸟用它的唾液为小鸟治伤，小鸟一天天地好了起来。在一个阳光明媚的早上，小鸟已完全痊愈了，两翅在不断地振作，跃跃欲试，想飞出巢穴，冲向天空，但又想与大鸟告别并表达谢意，然而天黑了也未见大鸟的回归。第二天仍然阳光灿烂，仍然不见大鸟的影子。小鸟只好飞了出来，它俯视着山坳，仰望着天空，感到世界如此之大，自己在天地之间是多么的自由、舒畅。"一直向前，只要你能飞就不要停下来"，一个熟悉的声音在小鸟的身后响起。小鸟大声地鸣叫起来，以向大鸟鸣谢。

　　小鸟继续向前飞，坚持着，飞过一座山，又飞过了一片森林，飞过了一片水域，又飞过了一片沙漠，最终飞向一座山。小鸟已经飞了 101 夜，已精疲力尽，就落在一个山头上，大鸟已在那里等待着它，小鸟发现大鸟之时，喜出望外。大鸟开口说："不要停下来，我带着你飞向另一个山头。"小鸟再次克服了疲劳，跟着大鸟飞翔在山崖石壁之间，小鸟的翅膀被山岩荆棘拔去了许多羽毛，如果再这样飞下去就会失去飞行能力，就在这时目的地到了。小鸟惊奇地发现，山是明晃晃的，是一座金山，金碧辉煌映亮了天际，使自己睁不开眼睛。逐渐适应后，才看到一个与森林、与山川、与河流完全不同的世界。小鸟惊呆了，回过神来看时，发现自己的羽毛在变色，尾巴在变长，竟然不由自主地变成了一只美丽的凤凰。

　　小鸟惊喜地问：这是什么地方？

　　大鸟说：是天堂。

　　小鸟说：什么是天堂？

　　大鸟回答：天堂就是最美好的地方。

　　小鸟又问：你是一只什么鸟？

　　大鸟说：我是一只凤凰。

　　小鸟说：什么是凤凰？

　　大鸟沉默片刻后说：就像现在的你，一只幸运的美丽的天堂鸟。

做一个天涯孤旅

"天涯孤旅"，多么的浪漫，多么的充满诗意，多么的令人向往。

我想象着有这么一天独自背上行囊，放浪形骸，健其体魄，养其精神，享风餐露宿，闻天籁之音，观日月星辰。

到那些鸟雀成群的地方去，到那些山清水碧的地方去，到那些野花烂漫的地方去，甚至到那些荒山野岭的地方去。一边行吟，一边观赏，敞开心胸拥抱自然。累了，歇歇脚。渴了，喝点水。饿了，吃点干粮。困了，席地而卧打个鼾。

我想象着深山老林的静谧，海边溪头的辽阔，草原平川的无垠。

我向往着村庄麦田的波浪，农家小酒馆里的菜香，街头巷尾的故事，还有民俗文化和历史传说；浪迹民间，听一听那座小城街边艺人吹奏的笛声。我欣赏他们拉胡琴，唱京剧，唱秦腔，唱黄梅戏，唱豫剧，唱吕剧，唱地方梆子戏时的投入和痴迷。

我喜欢坐在湖边看日出日落，看波光粼粼的湖光，看对岸的山色与天空的浮云，观树影疏密横斜；站在海边，看潮起潮落，海鸥掠过，水落石出，雪浪花乱溅飞起，倾听波涛的鸣奏。

我愿意在森林里，躺在草地上，听鸟的啾啾，享阳光斑斑、林间氤氲，看红叶飘飞，赏落叶静美。看松鼠怯生生地行走，看喜鹊翩然的影姿，听百鸟同奏。在山间茅屋中，沏上一壶酽茶，静听松声，观瀑水倾泻跌宕。

我青睐那些自由的小集市，慢慢逛一逛，买点喜爱的玩意儿，淘一点所谓的宝器，吃点当地的小吃。哪怕一无所获，怅意而归去。

哈哈，这些都是天涯孤旅的享用之乐，已足够我去花费时日的了。

但我也要提醒自己，不管走到哪里，都不要去探索历史、研究文化，只可用随身带着的手机拍一下你所欣赏的风光和景物。历史的复杂，文化的浩瀚，一旦踏入其中，就会使你成为苦旅，会事与愿违。

"天涯孤旅"，就像一片云一样飘移，越过高山大海，越过森林平原，越过沙漠沼泽，越过春夏秋冬。

春折一束野花，夏采一捧蘑菇，秋摘一篮野果，冬遇一只野兔，摇一摇雪枝，然后继续前行，让远去的脚印消失在岁月的烟霞之中。

那张阴沉的脸

　　我就喜欢天老爷那张阴沉的脸，从不喜欢那张充满阳光的笑脸。因为只要它的脸阴沉着，你便可以毫无顾忌，不必去做些什么迎合之类的事情。

　　不需要戴上一副墨镜，更不需要戴上一顶草帽，你尽可素面不饰，任意行动，尤其是在户外，一概不必担心被阳光灼伤。

　　或居一隅临窗听雨声，或独居书房静静地读一本有趣的书，无不惬意。

　　若是夏天，闷热而又潮湿，忽听轰轰隆隆的雷声，抬头望向天空，老天那张阴沉的脸，没有半点的缝隙，那对我来说就是莫大的快乐。知这便会下雨的了，一种私密感和一丝凉意便爬上心头。记得有一次吃过午饭，便在沙发上小憩，不觉睡着了。风雨袭来，梦醒，方知风裹挟着雨打在玻璃窗上。我便起身，就那样只坐在沙发上听雨。窗外，那张阴沉的脸，正向我看来，我也睁大了眼睛张望过去。突然，天空露出了笑脸，向我微笑，仿佛这笑不怀好意似的，我有些失望。但一会又暗了下来，并有零星的雨点飘来，我又有些兴奋。但不一会又云开雾散，阳光明媚，这次我真的大失所望。

　　到底谁在操弄着天地万物，我常常冥思苦索，但始终没有答案，只好归于自然。其实，天机不可泄露，只可意会，不可言传。君不见三间大夫，曾是左徒。"荩臣枉有凌霄志，佞人得道驾鹤飞；何惜腐囊随江去，汨罗江畔兰魄回。千古离骚今犹在，问天屈子何处存；霏霏细雨江鱼泪，愿为醒世九章魂"。

　　天之变化乃自然现象，天之风云莫测，皆赏悦之景观，自然界之自然，最令人为之放歌。太阳可能是最伟大的自然天体，故人们便把伟大的人物比作太阳，太阳也便把光芒如恩赐一样施向万物。

我则深爱那张阴沉的脸，甚至是乌云密布，你可以想象天空有龙，有鲲鹏，有凤凰鸟，这些神物，深奥得很呢。而当其大笑时，太阳一定会把天空中的一切燃成灰烬，就是那茫茫的尘埃。再也没有了想象的空间，也就剥夺了天空的神秘。只有阴沉的时候，才感到深邃无限高不可测啊！

阴沉的脸有时乌云翻滚，那是云龙翻腾乎？"梦龙必富，见龙必死"，孩提时常听大人们说。于是一有阴雨天我便会望向天空，寻觅天空中的神龙。但多少年的岁月流逝，也未曾与神龙谋面。但是只要苍天的脸是阴沉的，就会有机会，故，我也从没有放弃过，这也许又是喜欢阴天下雨的缘故。我从没有什么兴趣跑出去看一道风景，更不用说乘交通工具到天涯海角去揽胜了。住在海边，也没有强烈的意识专程去看看大海，去看看海浪花，去沙滩踏浪游泳，每次从海边经过，瞥几眼大海也便如此。而苍天的那张阴沉的脸，总会送到你的面前，让你低头不见抬头见，甚至足不出户透过窗帘也可观望得到。有时又觉得那张脸无处不在，漫延萦绕在你身边，让你感到可靠可依。

虽喜欢那张阴沉的脸，有时又感到表情过于悲哀，但就在此时，阴沉的脸便又落下雨来，便像孩子一样，风雨大作，一并倾泻于大地。这也算是一道刺激的风景。凝望着，凝望着，不觉已心潮澎湃，变悲哀为喜悦，神随风雨而舞，悦诗风吟，美山水田园。心与神同往，再也不想回归，就驻足在那山野小溪边，如梦似幻。本就是天人合一，苍天的变化瞬息，人间也是如此，就此一转身也便永远成为过往，可能永远不再相见了。昨天又昨天的翩然辞别。无论是风雨，还是雪霜，都有过往。未来仍有四季，会有春天，会有夏日，也会有秋的黄叶的消逝，有雪天白茫茫的长空，伴随着寒冷，你也只有静观那瑟瑟的树枝，被风儿弹奏出天籁之妙音。无论雨雪雾，只要你是安好的，一切都是风景，都在你的笔下成为散文、诗歌和有趣或悲伤的故事，一样动人心弦。

人呢，不能追求太多，有积极向上的态度，有敏捷的行动也便足以慰风尘，只要你安好便可观风云变化，皆可从变幻中看到本质。我明知无论天老爷的脸是阴沉的或是笑的都不必介意的，但我仍然喜欢那张阴沉的脸。

一路风雨胜彩虹

太阳没落，雨迷蒙，天地浑然。路边碧草如洗，一路车轮生烟。车是一把流动的伞，免得雨浸衣衫。一路蜿蜒从东海沧沧，到水泊梁山。逆流而上，一路风雨。

如果把一路风雨剪辑，可见一条长长的水龙，在茫茫天地间曲折向前。雨时紧时缓，打在车窗上，噼噼啪啪的声音有些悦耳，如听敲打的架子鼓。似睡非睡，眯着双眼看着迷蒙的世界，任风雨潇洒，天色时明时暗，如入无人之境。

突然天地如墨，风雨交加，雨打在车窗上的声音有密鼓犹有紧锣。雨点打在车窗的玻璃上，像张开的龙爪。一个个龙爪的扑来，形成了厚厚的雨幕。我睁大眼睛向车窗外探望，雨幕遮掩如同暮晚。仿佛整个世界缩成一个小小的空间，只容几人生息。我沉浸在有限而又无限的宇宙空间里，享受雨的寂寥和韵律。

我想这大雨是否就是龙的化身？凡人却看它不见，为火眼金睛方看清这行雨的神龙，谁知它面貌狰狞还是慈善？

我喜欢这大自然的天籁之音，这要比那些人间演奏的交响乐动听得多。那些交响乐，是由不同的人，操纵着不同的乐器，扮演着不同的角色，掺杂复杂感情而形成的交响乐曲，有的亢奋，有的悲伤，有的高歌，有的低泣，他们各有姿态，各有表情，各有角色，不一而足，深奥难辨。更不要说开口说话，众说纷纭犹如噪音，只一人喧哗又不免单调乏味。

　　而自然的现象及天籁之音，虽然你看到的就是那一种自然的表情，虽然你听到的就是那纯洁之声，但是可谓之神圣。它才是你前行中的进行曲。人们说风雨人生，没有风雨怎有人生？人就是这样，在风雨中兼程，又如一叶孤舟在风雨中飘摇，风雨中虽有羁绊，但风雨中更有重生。

　　雨轻天明，忽掠过路旁一树斑斓黄釉。方觉斜风细雨，一丝轻寒袭上心头。何来愁，心中有秋。正如镜中丝白发，何时添忧？此是诗人写醉酒。我方独赏雨中秋。

　　不写《醉太平》，只填一首《满江红》：

　　万里风雨，伴我去、水泊天阙。天槛外，雨泻云涨，雷电大作。一条青龙狂飞虐，留下风雨身后落。雨帘洒、暗暗遮空来，尽寂寞。

　　凉意外，有离索。路修远，正漂泊。叹世间万事，碎碎末末。自然长久任蹉跎，人间苦短多奔波。向凄迷、阅雨水魂消，全忘却。

梦与理想

理想是远大的，人们把理想叫做梦。

梦是人们在夜里睡眠时的幻想。

理想可以叫做梦，但梦一定不是理想，梦有时是恶梦。

在梦中情绪紧张心情恐惧，但当从梦中醒来时，则会破涕为笑。

而理想一定都是美好的，可以称之为白日梦，有时是可以实现的，有时又不可以实现，所以也叫梦想。

有许多的青年人都有梦想，憧憬美好的未来，设想有一天自己能实现自己的理想抱负。

或想成为一名教师，或想成为一名科学家，或想成为一名飞行员，或想成为一名律师。但往往现实会跟你开一个大大的人生玩笑，而使你变成一个工人、农民、演员或是军人。

人们自我安慰说这就是命。命就是"人""一""叩"，顺天拜，"谢主龙恩""谢皇上不杀之恩"。

这些话都是跪着说的，跪着说离天太远，怎会让上帝听见？为什么不站起来，站起来离天稍近些，或许苍天会听见，然后被拯救。

每天夜里做梦，每每醒来，都不喜欢做过的梦，那些梦总予人们窄路。

"闻道汉家天子使，九华帐里梦魂惊"。

常常是找不到车停在哪里，打电话找人又找不到电话号码，找到车了又启动不开，启动开了又刹不住车，真急死个人。

不管怎么踩闸，车照样向前冲，冒出一身冷汗，便从梦中醒来了，真是谢天谢地，多亏是梦，否则闯伤了人怎么办呢？

尤其是梦里上厕所，到处是粪便，无落脚之处，环境不堪入目，一不小心便会踩一脚。

见到旧人旧事，又默默不语，"故人入我梦，明我长相忆"。

理想常常有又常常破灭，但总是美好的。

梦回梦醒，灵魂出窍飘飞。

梦破灭是正常之事，如果理想都能实现，不都成了仙人？人心不足蛇吞象，无底的理想便是欲望，古人云：欲壑难填，如此，世界末日必至。

最好的理想就是做好当下，努力向下一步迈进。不管你的人生做什么，都要珍惜。

换一件活干，或换一项事业，或换一个领域，都要用心做好，前后左右无一差别，皆须孜孜不倦，精益求精，如若一级一级的拾上，理想便会实现。

这就是真实的现实的理想。

你所欣赏的风雨

风雨交加的样子，你是见过的。打着旋儿向你袭来。还记得吗？有时雨伞并没有什么作用。风儿就那么任性，不让你避开，非让你接受这风儿肆虐的湿漉漉的洗礼。

曾记否？你在门廊中，正撑着雨伞要出门，看着雨驭风而来，落到地上时的那股劲，扭着，仿佛要把那地球穿透，于是你不得不止步于廊内。

你可曾经记得，当你硬撑着那把油纸伞走出门廊时，风雨吹折了你的雨伞，但你并没有因此退却，依然走向风雨中。你忽然发现了路上那一片黄色的叶子，在风雨中显得很狼藉。你忽然间感到初秋那丝丝缕缕的凉意，不免收紧了你那单薄的衣襟，呢喃着：哦！秋雨，秋风，秋叶，好个秋色如金如铂。

秋的来临，往往会使人感到清冷，甚至凄切。于是你便联想到人生和人世间，让某一事件或生活的节点浸入你的心绪，于是失意、失落、伤感，一切复杂的情感都会向你莫名其妙地袭来。

人就是这个样子：怪。不仅是你，大众也是那样。秋天的风雨虽惹人伤感，但又偏偏令你喜欢，听雨看雨感风凉，仿佛是一种忧伤的快乐，甚至已经成为你的一种无名的嗜好。

你说你有这样的情怀：躲在檐下，也要看那雨线从天上一直扯到地上，唰唰地洒入草木中，渗入大地，淅淅沥沥地发出一种苍茫的声音。即使风把雨洒在你的身上，淋湿了你的衣裳，你也在所不辞。

　　你也记得吧？你喜欢开车看雨、听雨、兜风，尤其是在傍晚。地上的雨水和城市里的霓虹灯及汽车的尾灯鲜明地融合在一起，折射出一种彩色的"泥泞"。那时，显得城市是那样的繁华，又是那样的花花。那就是花花世界的影像吗？摇下玻璃窗来，让雨丝飘进或雨水泻来，那股清新会使你微醺的生活清醒些许，避免了你在那忙碌的城市生活中迷失自我。

　　你也曾问："什么是微醺？"微醺是利益熏心吗？是权利熏心吗？是欲望熏心吗？语气冷冰冰的。你从不知道与那些无关的路人招手，说声："你好"。甚至有人向你问路，也只顾匆匆前行，连瞥一眼都顾不上。开车的你就更不要说了，与路人从不相近，只是喇叭声与路人交流，请行人让开。

　　城市啊城市，什么是城市？你曾说城市就是冷漠或是陌生，有时又是无情。城市里连一个公共停车场也没有了，都成了私人的领地，一根杆的文化你无数次的叹息。谁也弄不清楚，浮躁的环境，怎能浸润人们的心田？于是喜欢雨，便成了城市人的小小情怀。

　　本来路上浅浅的一层水，却被那彩色的灯光刻画成了一条深渊。红尘无休止地向下延伸，而车轮碾过激起的水花，又使这水与光的世界显得很乱。一辆车一辆车的驶过，使你很难静观，也很难捕捉到那静的影像。这就是世界的本色"瞬息万变"，一会让你看着这世界如此美好，一会却又让你看着这世上的一切事物如此狰狞。

　　你知道吗？这一切都是那忙碌的车辆造成的假象。你本可以看到事物的真实面目的，但你却不愿意停下那奔驰的车轮。一溜烟似的，你去了，却留下那车轮甩起的一簇水花，遮住了许多人的双眼。

　　雨气空濛，灯影迷幻。黑暗的夜晚，亮丽的白昼。你曾经在楼上，在湖上，在寺庙中听过风雨。

疏雨桐接，聚雨荷擎。轻雨淡烟，风雨江天。

不同地点，不同事物，感觉是否不同呢？那一定是不同的。处境、情结、心绪的不同，自然是有不同的心弦瑟瑟。

在车里听雨，是你的一贯风格。那雨的声音不是一种自然之嚓亮，而是用车的速度与雨力相合成的天籁，使声音的变奏更加铿锵，强烈地冲击着你的心灵。

风吹雨打，造就了多少豪情侠气，冲淡了多少爱恨情仇。一吹，怒发冲冠，一打，少年红烛；两吹，心平气和，两打，中年沧桑；三吹，无动于衷，三打，白发如银。风雨，就是那湿漓漓的灵魂，或是魔鬼。

迷茫中的一切似乎都是美丽的。但虚无中真相难辨，就连着那风雨声的敲打也需要你去辨别了。因为世界上不再是草屋和瓦房，也不再是土路的粘稠。高楼、水晶玻璃、大理石，奢华的使你已不能辨认。

雨的声音也不是从前了，已经走过了苇篱和蓑衣的时代。雨的声音也在踏着时代的步伐前行，就像你现在坐在铁皮做的轿车里听到的风雨声，那才是最新时代的强音。

当然，雨的姿态也是与时俱进的。雨从高楼上洒下，与从前的草屋或瓦房上倾泻，完全是不一样的。现在是居高临下，势如破竹，更有一些英雄气概，是可以洗涤一切的，是吗？

你看那只蜘蛛仍然霸占着那张网，不曾被风雨冲掉。而人类钢筋水泥却很脆弱，常常被风雨摇落。

书　名:《海浪花》（四）

作　　者：秋　实

责任编辑：严中则　刘慧华

装帧设计：陈汗诚

出　　版：香港文汇出版社有限公司
　　　　　香港仔田湾海旁道七号兴伟中心 2-4 楼

电　　话：2873 8288

发　　行：联合新零售（香港）有限公司
　　　　　香港新界荃湾德士古道 220-248 号荃湾工业中心 16 楼

电　　话：2150 2100

印　　刷：美雅印刷制本有限公司
　　　　　香港九龙观塘荣业街 6 号海滨工业大厦二期 4 字楼

版　　次：2022 年 12 月初版

国际书号：ISBN 978-962-374-716-5

定　　价：港币 80 元